KU-491-334

LA TÉLÉVISION

DU MÊME AUTEUR

JEAN-PHILIPPE TOUSSAINT

LA TÉLÉVISION

© 1997 by Les Éditions de Minuit

LES ÉDITIONS DE MINUIT

© 1997 by LES ÉDITIONS DE MINUIT
7, rue Bernard-Palissy, 75006 Paris

En application de la loi du 11 mars 1957, il est interdit de reproduire
intégralement ou partiellement le présent ouvrage sans autorisation de l'éditeur
ou du Centre français d'exploitation du droit de copie,
20, rue des Grands-Augustins, 75006 Paris

ISBN 2-7073-1582-6

J'ai arrêté de regarder la télévision. J'ai arrêté d'un coup, définitivement, plus une émission, pas même le sport. J'ai arrêté il y a un peu plus de six mois, fin juillet, juste après la fin du Tour de France. J'ai regardé comme tout le monde la retransmission de la dernière étape du Tour de France dans mon appartement de Berlin, tranquillement, l'étape des Champs-Elysées, qui s'est terminée par un sprint massif remporté par l'Ouzbèke Abdoujaparov, puis je me suis levé et j'ai éteint le téléviseur. Je revois très bien le geste que j'ai accompli alors, un geste très simple, très souple, mille fois répété, mon bras qui s'allonge et qui appuie sur le bouton, l'image qui implose et disparaît de l'écran. C'était fini, je n'ai plus jamais regardé la télévision.

Le téléviseur est toujours dans le salon, il est abandonné et éteint, je n'y ai plus touché depuis lors. Il doit sûrement être encore en état de marche, il suffirait d'appuyer sur le bouton pour voir. C'est un téléviseur classique, noir et carré, qui repose sur un support en bois laqué composé de deux éléments, un plateau et un pied, le pied ayant la forme d'un mince livre noir ouvert à la verticale, comme un reproche tacite. L'écran, d'une couleur indéfinissable, profonde et peu engageante, pour ne pas dire vert, est très légèrement convexe. Le récepteur, qui présente sur le côté un petit compartiment réservé aux différents boutons de commande, est surmonté d'une grande antenne à deux branches en forme de V, assez comparable aux deux antennes d'une langouste, et offrant d'ailleurs le même type de prise pour le cas où l'on voudrait se saisir du téléviseur par les antennes et le plonger dans une casserole d'eau bouillante pour s'en débarrasser encore plus radicalement.

J'ai passé l'été seul à Berlin, cette année. Delon, avec qui je vis, a passé les vacances en Italie, avec les deux enfants, mon fils et le bébé pas encore né que nous attendions, une petite fille, à mon avis. Je supposais en effet que c'était une petite fille car le gynécologue n'avait pas vu de verge à l'échographie (et, souvent, quand il n'y a pas de verge, c'est une petite fille, avais-je expliqué).

La télévision n'occupait pas une très grande place dans ma vie. Non. Je la regardais en moyenne une ou deux heures par jour (il se peut même que ce soit moins, mais je préfère grossir le trait et ne pas chercher à tirer avantage d'une sous-estimation flatteuse). En dehors des grands événements sportifs, que je suivais toujours avec plaisir, des informations ou de quelques soirées électorales qu'il m'arrivait de regarder de temps en temps, je ne regardais pas grand-chose à la télévision. Par principe et par commodité, je ne regardais jamais de films à la télévision, par exemple (de la même manière que je ne lis pas de livres en braille). Il me semblait même, à ce moment-là, mais sans l'avoir jamais vraiment vérifié, que j'aurais pu m'arrêter de regarder la télévision du jour au lendemain sans qu'il m'en coutât le moins du monde, sans que j'en ressentisse le moindre désagrément, en d'autres termes que je n'en étais nullement dépendant.

Depuis quelques mois, cependant, j'avais constaté une très légère dérive dans mon comportement. Je restais presque tous les après-midi à la maison, pas rasé et vêtu d'un vieux pull en laine des plus confortables, et je regardais la télévision pendant trois ou quatre heures d'affilée à moitié allongé dans le canapé, un peu comme un chat dans sa litière pour ce qui est des privautés que j'avais prises, les pieds nus et la main sous les parties. Moi, quoi. Il s'est trouvé, en effet, cette année-là, que, contrairement aux autres années, j'ai suivi de bout en bout le déroulement des internationaux de France de tennis à la télévision. Au début, je ne regardais qu'un match de temps à autre, puis, arrivé au stade des quarts de finale, j'ai commencé à m'intéresser vraiment à l'issue du tournoi, ou tout du moins c'est ce que j'expliquais à Delon pour tâcher de justifier ces longs après-midi d'inactivité passés devant l'écran. J'étais généralement seul à la maison ces jours-là, mais, parfois, il y avait la femme de ménage aussi, qui repassait mes chemises à côté de moi dans le salon, muette d'indignation contenue. Dans les plus mauvais jours, les retransmissions des matchs commençaient à midi et se terminaient à la nuit. Je sortais de ces retransmissions nauséeux et fourbu, l'esprit vide, les jambes molles, les yeux mousses. J'allais prendre une douche, je me passais longuement le visage à l'eau tiède. J'étais sonné pour le reste de la soirée, et, bien que j'aie encore quelques scrupules à me l'avouer, je devais me rendre à l'évidence : depuis que je commençais tout doucement à avoir quarante ans, je ne tenais plus, physiquement, les cinq sets au tennis.

Je ne faisais rien, par ailleurs. Par ne rien faire, j'entends ne rien faire d'irréfléchi ou de contraint, ne rien faire de guidé par l'habitude ou la paresse. Par ne rien faire, j'entends ne faire que l'essentiel, penser, lire, écouter de la musique, faire l'amour, me promener, aller à la piscine, cueillir des champignons. Ne rien faire, contrairement à ce que l'on pourrait imaginer un peu vite, exige méthode et discipline, ouverture d'esprit et concentration. Je nage cinq cents mètres tous les jours maintenant, à deux kilomètres-heure, c'est une petite allure, je reconnais, qui correspond exactement à vingt longueurs de bassin par quart d'heure, soit quatre-vingts longueurs de bassin en une heure. Mais je ne recherche pas la performance. Je nage lentement, comme une vieille dame (mais sans bonnet), l'esprit idéalement vide, attentif à mes gestes et à mon corps, soucieux de mes mouvements et de leur régularité, la bouche entrouverte qui expire et souffle une gerbe de petites bulles clapotantes à la surface de l'eau. Lentement, dans la piscine bleutée dont l'eau claire entoure mes membres de toutes parts, je tends les bras en avant pour écarter de longues brassées d'eau, tandis que mes jambes se replient à la hauteur de mes genoux, et que, simultanément, tandis que mes bras lentement se déploient à nouveau, mes jambes repoussent l'eau derrière elles dans le même mouvement coordonné et synchrone. Je place le bain très haut finalement, dans l'échelle des plaisirs que la vie nous procure, après l'avoir un peu sousestimé et relégué assez loin derrière l'amour physique, qui était jusqu'à présent mon activité préférée, en dehors de la réflexion, évidemment. J'aime beaucoup faire l'amour en effet (à plus d'un titre), et, sans vouloir ici évoquer mon style en la matière, qui s'apparenterait d'ailleurs plus à la quiétude sensuelle d'une longueur de brasse qu'à l'énergie désordonnée et virilement fanfaronne d'un quatre cents mètres papillon, je retiendrai surtout que faire l'amour m'apporte un grand équilibre intérieur, et que, l'étreinte passée, tandis que je rêvasse sur le dos dans la douceur des draps en savourant la simple bonhomie de l'instant qui s'écoule, je ressens une irrépressible bonne humeur qui vient se traduire sur mon visage par un léger sourire inattendu et quelque chose de brillant dans l'œil, de malicieux et de complice. Eh bien, nager m'apporte la même sorte de satisfaction, la même plénitude du corps, qui, peu à peu, lentement, comme une onde, se propage à l'esprit et amène à sourire.

Ainsi m'est-il donc apparu, tout occupé à ne rien faire, que je n'avais plus le temps de regarder la télévision.

La télévision offre le spectacle, non pas de la réalité, quoiqu'elle en ait toutes les apparences (en plus petit, dirais-je, je ne sais pas si vous avez déjà regardé la télévision), mais de sa représentation. Il est vrai que la représentation apparemment neutre de la réalité que la télévision propose en couleur et en deux dimensions semble à première vue plus fiable, plus authentique et plus crédible que celle, plus raffinée et beaucoup plus indirecte, à laquelle les artistes ont recours pour donner une image de la réalité dans leurs œuvres. Mais, si les artistes représentent la réalité dans leurs œuvres, c'est afin d'embrasser le monde et d'en saisir l'essence, tandis que la télévision, si elle la représente, c'est en soi, par mégarde, pourrait-on dire, par simple déterminisme technique, par incontinence. Or, ce n'est pas parce que la télévision propose une image familière immédiatement reconnaissable de la réalité que l'image qu'elle propose et la réalité peuvent être considérées comme équivalentes. Car, à moins de considérer que, pour être réelle, la réalité doit ressembler à sa représentation, il n'y a aucune raison de tenir un portrait de jeune homme peint par un maître de la Renaissance pour une image moins fidèle de la réalité que l'image vidéo apparemment incontestable d'un présentateur mondialement connu dans son pays en train de présenter le journal télévisé sur un petit écran.

L'illusion de la réalité dans un tableau de la Renaissance, l'illusion, à partir des couleurs et des pigments, des huiles et des coups de brosse sur la toile, des retouches légères, au pinceau ou même au doigt, d'un simple frottement du bord du pouce dans la pâte encore légèrement humide d'huile de lin, d'avoir en face de soi quelque chose de vivant, de la chair ou des cheveux, de l'étoffe ou des drapés, d'être en présence d'un personnage complexe, humain, avec ses failles et ses faiblesses, quelqu'un avec une histoire, avec sa noblesse, sa sensibilité et son regard – combien, au juste, de millimètres carrés de couleur représente la force de ce regard qui traverse les siècles ? – est par nature fondamentalement différente de l'illusion que propose la télévision quand elle représente la réalité, simple résultat mécanique d'une technique inhabitée.

Cette année-là, j'avais décidé de passer l'été seul à Berlin pour me consacrer à la rédaction de mon étude sur Titien Vecellio. Cela faisait quelques années que je projetais d'écrire un vaste essai sur les relations entre les arts et le pouvoir politique. Mon projet s'était peu à peu concentré sur le seizième siècle en Italie, et plus particulièrement sur Titien Vecellio et Charles Quint, jusqu'à prendre l'épisode apocryphe du pinceau, selon lequel Charles Quint se serait baissé dans l'atelier de Titien pour ramasser un pinceau qui venait de tomber des mains du peintre, comme centre emblématique de mon étude et lui donner son titre, *Le Pinceau*. J'avais abandonné mon poste de professeur à l'université au début de l'année pour prendre une année sabbatique et pouvoir me consacrer à la préparation de cette étude. Parallèlement, ayant été avisé de l'existence d'une fondation privée à Berlin susceptible d'aider des chercheurs de mon tonneau, j'avais fait une demande de bourse et constitué un dossier dans lequel je décrivais minutieusement mon projet, insistant en particulier sur la nécessité qu'il y avait pour moi de me rendre à Augsbourg pour mes recherches, ville où Charles Quint avait résidé entre 1530 et je ne sais plus quelle date (moi, les dates), et où, surtout, Titien avait peint plusieurs des portraits les plus fameux de Charles Quint, le grand portrait équestre du Prado, par exemple, ainsi que le Charles Quint assis de la Pinacothèque de Munich, le visage pâle et pathétique, un gant à la main. Il va sans dire qu'un séjour à Augsbourg aurait pu être des plus précieux et des plus enrichissants pour moi, mais j'étais tout à fait prêt à admettre, aussi, que ce projet sur Titien Vecellio n'était pas aussi spécifiquement allemand que j'avais bien voulu essayer de le faire accroire dans le petit mémoire habilement tourné que j'avais rédigé pour présenter ma candidature à l'obtention de cette bourse, et qu'il n'était pas fondamentalement plus difficile, par exemple, de gagner Augsbourg depuis Paris que depuis Berlin. L'idéal eût été Munich. Mais j'avais eu la bourse, finalement (comme quoi), et nous étions partis tous les trois vivre en Allemagne. Delon, au début du mois de juillet, était repartie en vacances en Italie avec les deux enfants, l'un à la main, et l'autre dans son ventre (ce qui est éminemment pratique quand on est toujours chargé comme elle d'une quantité folle de valises et de bagages à main), et je les avais accompagnés tous les trois à l'aéroport ; je portais les billets d'avion. Je me revois très bien dans le hall de l'aéroport me diriger vers le panneau qui annonce les départs, la tête levée et les billets à la main, comparant un instant les

17

deux d'un air perplexe. Puis, j'étais revenu vers Delon qui m'attendait à côté de son chariot, et j'avais dit – je ne sais pas si toutes les paroles que j'ai prononcées à Berlin lors de ce séjour doivent être rapportées ici aussi fidèlement – porte vingt-huit. Tu es sûr ? avait dit Delon. J'avais un petit doute, du coup. Porte vingt-huit, oui (j'étais retourné vérifier). Nous nous étions embrassés longuement avant de partir, et j'avais pris congé d'eux devant le comptoir d'enregistrement de la porte vingt-huit, j'avais passé doucement la main sur la tête de mon fils et sous le pull de ma Delon pour lui toucher le ventre tendrement, et je les avais regardés s'engager sous le petit arc de triomphe sommaire du détecteur de métaux. Au revoir, au revoir, faisait mon fils de la main (et j'avais envie de pleurer maintenant : c'est tout moi, ça).

De retour chez moi, j'avais mis un peu d'ordre dans mes affaires, j'avais rangé mon bureau avec soin pour tout préparer dans la perspective de mon travail (j'avais projeté d'attaquer mon étude le lendemain matin très tôt). Je commençai par vider entièrement le grand meuble noir à étagères de mon bureau, sur lequel de nombreux papiers s'étaient accumulés depuis mon arrivée à Berlin. Il y avait là du courrier et des factures, des cartes de visite, divers documents non classés relatifs à la préparation de mon travail, quelques pièces de monnaie et de vieux billets de concert, ainsi qu'une grande quantité de coupures de presse en français et en allemand que j'avais gardées précieusement pour les lire plus tard à tête reposée. J'avais dû découper tous ces articles avec soin au fil des jours, je me revois très bien les découper précautionneusement assis à mon bureau et me lever ensuite pour aller les ranger sur une étagère de l'armoire avec d'autres coupures de presse également destinées à n'être jetées que plus tard, si ce n'est un jour à être lues. Une fois l'armoire entièrement vidée, je commençai à faire le tri de ces coupures. Je m'étais confortablement assis en tailleur dans mon bureau, avec mon vieux pull en laine aux longues manches distendues que j'avais remontées jusqu'aux coudes, et, un grand sac-poubelle en plastique noir ouvert à côté de moi, je prenais les articles un par un en haut des piles qui m'entouraient, que je me mettais à lisoter un peu naturellement, par la force des choses (parfois, je poussais même ma conscience d'archiviste jusqu'à me relever pour aller prendre un stylo sur mon bureau et annoter quelque paragraphe, souligner quelque phrase, dater quelque coupure), avant de les jeter dans le sac-poubelle, ne conservant que quelques très rares spécimens hautement sélectionnés dont je me réservais avec une savoureuse délectation anticipée la lecture à plus tard, et que j'allai poser sur la table de nuit de ma chambre à coucher quand j'eus fini de ranger mon bureau. Je donnai ensuite un petit coup de balai dans la pièce, ouvris la porte-fenêtre qui donnait sur le balcon pour bien aérer mon bureau, allai secouer les carpettes à l'air libre, et débarrassai le lit de ma mallette et du carton à dessin qui étaient posés dessus. Ces différents préparatifs accomplis, j'allai mettre le réveil à sept heures moins le quart dans ma chambre, et, après avoir vérifié une dernière fois que tout était en ordre dans l'appartement, que tout était prêt dans mon bureau, ma table de travail bien rangée et une rame de papier vierge posée à côté de l'ordinateur, mes livres et ma documentation bien agencés et prêts à être ouverts, je refermai tout doucement la porte de mon bureau et me rendis dans le salon, m'assis dans le canapé et allumai la télévision.

Très souvent, ainsi, le soir, ces derniers temps, comme pris d'une ivresse mauvaise, j'allumais la télévision et je regardais tout ce qu'il y avait sans réfléchir, je ne choisissais pas de programme particulier, je regardais le tout-venant, le mouvement, le scintillement, la variété. Je ne m'étais pas rendu compte de la dérive qu'était en train de subir mon comportement à ce moment-là, mais, rétrospectivement, je juge cette petite surchauffe momentanée comme un signe avant-coureur tout à fait symptomatique de la décision radicale qui allait suivre, comme s'il fallait passer nécessairement par une telle phase de consommation excessive pour réussir par la suite son sevrage. En attendant, je demeurais tous les soirs pendant des heures immobile devant l'écran, les yeux fixes dans la lueur discontinue des changements de plans, envahi peu à peu par ce flux d'images qui éclairaient mon visage, toutes ces images dirigées aveuglément sur tout le monde en même temps et adressées à personne en particulier, chaque chaîne, dans son canal étroit, n'étant qu'une des mailles du gigantesque tapis d'ondes qui s'abattait quotidiennement sur le monde. Sans pouvoir réagir, j'avais conscience d'être en train de m'avilir en continuant à rester ainsi devant l'écran, la télécommande à la main que je ne pouvais lâcher, à changer de chaîne machinalement, frénétiquement, dans une recherche de plaisirs immédiats et mauvais, entraîné dans cet élan vain, cette spirale insatiable, à la recherche de plus de bassesse encore, davantage de tristesse.

Partout c'était les mêmes images indifférenciées, sans marges et sans en-têtes, sans explications, brutes, incompréhensibles, bruyantes et colorées, laides, tristes, agressives et joviales, syncopées, équivalentes, c'était des séries américaines stéréotypées, c'était des clips, c'était des chansons en anglais, c'était des jeux télévisés, c'était des documentaires, c'était des scènes de film sorties de leur contexte, des extraits, c'était des extraits, c'était de la chansonnette, c'était vivant, le public battait des mains en rythme, c'était des hommes politiques autour d'une table, c'était un débat, c'était du cirque, c'était des acrobaties, c'était un jeu télévisé, c'était le bonheur, des rires de stupéfaction incrédule, des embrassades et des larmes, c'était le gain d'une voiture en direct, des lèvres qui tremblaient d'émotion, c'était des documentaires, c'était la deuxième guerre mondiale, c'était une marche funèbre, c'était des colonnes de prisonniers allemands qui marchaient lentement sur le bord de la route, c'était la libération des camps de la mort, c'était des tas d'ossements sur la terre, c'était dans toutes les langues, il y avait plus de trente-deux chaînes, c'était en allemand, c'était surtout en allemand, c'était partout de la violence et des coups de feu, c'était des cadavres étendus dans les rues, c'était des informations, c'était des inondations, c'était du football, c'était des jeux télévisés, c'était un animateur avec ses fiches, c'était un compteur qui tournait que tout le monde regardait la tête levée dans le studio, le neuf, c'était le neuf, c'était des applaudissements, c'était la publicité, c'était des variétés, c'était des débats, c'était des animaux, c'était de l'aviron en studio, l'athlète ramait et les animateurs le regardaient faire d'un air soucieux assis autour d'une table ronde, il y avait un chronomètre en surimpression, c'était des images de guerre, la prise de vue et le son man-

quaient singulièrement d'assise, tout cela semblait avoir été fait à la va-vite, l'image tremblait,
le caméraman devait courir lui aussi, c'était
quelques personnes qui couraient dans une rue
et on leur tirait dessus, c'était une dame qui tombait, c'était une dame qui était touchée, une
dame d'une cinquantaine d'années allongée sur
le trottoir dans son manteau gris un peu passé
légèrement entrouvert et le bas déchiré, elle
avait été touchée à la cuisse et elle criait, elle
criait simplement, elle poussait de simples cris
d'horreur parce que sa cuisse était ouverte,
c'était les cris de cette dame qui avait mal, elle
appelait au secours, ce n'était pas de la fiction,
deux ou trois hommes revenaient pour l'aider
et la soulevaient sur le bord du trottoir, on continuait à tirer, c'était des images d'archives, c'était
des informations, c'était la publicité, c'était des
voitures neuves qui serpentaient lentement au
flanc de routes idylliques au coucher du soleil,
c'était un concert de hard-rock, c'était des séries
télévisées, c'était de la musique classique, c'était
un flash spécial d'informations, c'était du saut
à ski, le skieur accroupi qui donnait l'impulsion
et se lançait sur le tremplin, il se laissait glisser
lentement sur la piste d'envol et quittait le

24

monde en se figeant dans les airs, il volait, il volait, c'était magnifique, ce corps figé et courbé en avant, immobile et immuable dans les airs. C'était fini. C'était fini, j'avais éteint le téléviseur et je ne bougeais plus dans le canapé.

Une des principales caractéristiques de la télévision quand elle est allumée est de nous tenir continûment en éveil de façon artificielle. Elle émet en effet en permanence des signaux en direction de notre esprit, des petites stimulations de toutes sortes, visuelles et sonores, qui éveillent notre attention et maintiennent notre esprit aux aguets. Mais, à peine notre esprit, alerté par ces signaux, a-t-il rassemblé ses forces en vue de la réflexion, que la télévision est déjà passée à autre chose, à la suite, à de nouvelles stimulations, à de nouveaux signaux tout aussi stridents que les précédents, si bien qu'à la longue, plutôt que d'être tenu en éveil par cette succession sans fin de signaux qui l'abusent, notre esprit, fort des expériences malheureuses qu'il vient de subir et désireux sans doute de ne pas se laisser abuser de nouveau, anticipe désormais la nature réelle des signaux qu'il reçoit, et, au lieu de mobiliser de nouveau ses forces en vue de la réflexion, les relâche au contraire et se laisse aller à un vagabondage passif au gré des images qui lui sont proposées. Ainsi notre esprit, comme anesthésié d'être aussi peu stimulé en même temps qu'autant sollicité, demeure-t-il essentiellement passif en face de la télévision. De plus en plus indifférent aux images qu'il reçoit, il finit d'ailleurs par ne plus réagir du tout lorsque de nouveaux signaux lui sont proposés, et, quand bien même réagirait-il encore, il se laisserait de nouveau abuser par la télévision, car, non seulement la télévision est fluide, qui ne laisse pas le temps à la réflexion de s'épanouir du fait de sa permanente fuite en avant, mais elle est également étanche, en cela qu'elle interdit tout échange de richesse entre notre esprit et ses matières.

Au début de la semaine, tandis que je m'apprêtais à aborder enfin mon étude sur Titien Vecellio et Charles Quint, mes voisins du dessus, Uwe et Inge Drescher (que l'on pourrait traduire approximativement en français par Guy et Luce Perreire), vinrent sonner chez moi la veille de leur départ en vacances pour me demander de bien vouloir m'occuper de leurs plantes pendant leur absence. On peut imaginer ma consternation. Pour mettre les choses au point et me faire part de toutes les recommandations nécessaires, ils me proposèrent de venir prendre le café chez eux le jour même. Lorsque je montai chez eux après le déjeuner, ils me reçurent assez froidement et me firent asseoir sans un mot à la table ronde de la salle à manger, qui n'était pas débarrassée et sur laquelle reposaient encore quelques assiettes sales et une casserole en émail bleue pleine de pâtes froides un peu séchées et toutes collées entre elles. Uwe Drescher (Guy), qui s'était absenté un instant, revint de la cuisine avec une casserole d'eau bouillante et, nous ayant servis l'un après l'autre de café soluble, deux cuillerées chacun, entreprit de verser prudemment de l'eau bouillante dans les tasses en commençant à m'expliquer ce qu'il attendait de moi pour l'entretien des plantes, me faisant part des quantités et de la fréquence des arrosages souhaités, de la technique à appliquer et de la qualité de l'eau à utiliser,

et, afin que tout fût parfaitement clair, il sortit
de sa poche une petite feuille de papier pliée en
quatre qu'il avait préparée à mon intention, qu'il
fit glisser négligemment sur la table dans ma
direction et dont je pris connaissance distraitement en tapotant des doigts sur la table. C'était
une petite liste récapitulative des fréquences et
des conditions d'arrosage qui résumait ma
tâche, plante par plante. Je repliai la feuille sans
un mot, la rangeai dans ma poche. Uwe me sourit d'un air satisfait, but une gorgée de café et
m'invita à le suivre dans l'appartement pour
aller voir les plantes. Nous passions lentement
de pièce en pièce, Uwe menant la marche, très
grand et à lunettes, avec son fin sourire satisfait
et énigmatique, une main qui bougeait dans la
poche de son pantalon en faisant tinter des pièces de monnaie (il allait peut-être me donner un
petit quelque chose), et Inge, à côté de moi dans
sa petite robe moulante, très maîtresse de maison, qui s'arrêtait à l'occasion devant telle ou
telle plante qu'elle me présentait familièrement
en faisant savoir à la plante en allemand que
c'était moi qui m'occuperais d'elle cet été (c'est
toujours surprenant, moi, je trouve, des plantes
qui parlent allemand). Réservé comme je suis,

je leur disais à peine bonjour, moi, à ces plantes, je me contentais d'une simple inclinaison des yeux distante à leur adresse, ma tasse de café à la main. Nous entrâmes dans le bureau de Uwe, un bureau en tout point comparable au mien, qui se trouvait un étage plus bas au même endroit, avec la même porte-fenêtre, qui donnait sur une petite terrasse, sur laquelle Uwe nous invita à sortir un instant tous les trois. Il faisait un peu froid dehors, il y avait du vent, je m'étais accoudé au balcon et je pensais à autre chose. N'écoutant presque plus les explications botaniques de Uwe (la tête baissée, je jetais distraitement des gravillons sur les passants), je me contentai d'un simple regard poli sur le terreau bien gras et bien noir dont il était en train de me faire les honneurs en promenant un doigt émerveillé tout au long de la jardinière du balcon, à la surface de laquelle on pouvait en effet deviner çà et là, en y regardant bien, quelques minuscules merdaillons de marguerites. Debout à côté de moi, Uwe m'indiquait d'un doigt attendri chaque pousse naissante en connaisseur, et je hochais la tête lentement, tristement, vaguement penché sur le terreau. Nous revînmes dans son bureau, et, tandis que mon regard

s'attardait sur les différents dossiers qui recou-
vraient sa table de travail à côté de l'ordinateur
et de l'imprimante, Uwe attira mon attention
sur un vieux caoutchouc aux belles feuilles sombres et denses qui reposait sur la cheminée,
indifférent et taciturne comme un vieux Chinois, qui ne prêta d'ailleurs qu'une oreille dis-
traite aux recommandations que Uwe me fit à
son sujet, à savoir qu'il préférait être légèrement
brumisé que copieusement arrosé (ce qui peut
se comprendre, évidemment, de la part d'un
vieux Chinois). Dans la même pièce, à même le
sol, se trouvait un bégonia, à tige fragile, pour
lequel Inge, cette fois, prenant le relais de son
mari, me demanda la faveur de bien vouloir procéder à un très léger surfaçage de son substrat
d'ici à une quinzaine de jours, c'est-à-dire tout
simplement de gratter le vieux terreau autour
de la tige et le remplacer par un bon mélange
léger, dont je trouverais un sac de cinq litres
dans le placard de l'entrée, mais tout était inscrit
sur la feuille, je n'avais pas à m'inquiéter. Inge
me serait en outre reconnaissante, ajouta-t-elle
en me prenant familièrement le bras pour sortir
de la pièce, de bien vouloir avoir la gentillesse,
pendant cette opération de surfaçage, de faire

30

quelques sondages dans le pot avec une baguette de bambou pour créer des cheminées d'aération dans la terre de bruyère. Je dis que oui, bien sûr, des cheminées d'aération dans la terre de bruyère (elle pouvait compter sur moi), et elle exerça une simple pression des doigts, retenue mais ardente, sur mon avant-bras pour me signifier toute sa reconnaissance anticipée. Dans le couloir de l'entrée, tandis que les Drescher m'attendaient l'un à côté de l'autre à la porte de leur chambre à coucher, je m'attardai rêveusement devant un petit tableau accroché au mur, que j'examinai un instant, ma tasse de café à la main, en me demandant ce qu'il pouvait bien représenter (un aularque, le cas échéant), et, rejoignant les Drescher dans leur chambre, j'entrai le premier dans la pièce et je fis quelques pas indécis dans la chambre en écartant distraitement de la main la branche molle d'un plumbago en suspension qui pendouillait d'un macramé, avant de m'immobiliser un instant au centre de la pièce et de jeter un coup d'œil sur le lit des Drescher, un grand lit à deux places, sur lequel j'allai m'asseoir. Assis sur le lit des Drescher, je tournais ma cuillère dans ma tasse, lentement, sortis la petite cuillère

31

de la tasse et la suçai pour l'assécher. Mon regard, des plus posés, fit lentement le tour de la pièce, je relevai la tête un instant pour regarder le plumbago. Je bus une petite gorgée de café, reposai la tasse dans la soucoupe. La vie, quoi. Les Drescher, debout en face de moi, un peu gênés d'être dans leur chambre, finirent par s'asseoir eux aussi, Uwe sur le bord d'une table en bois, affectant une attitude détendue, la main droite toujours dans la poche de son pantalon, la main gauche, désinvolte, qui caressait avec une nervosité contenue une feuille de gardénia, et Inge à côté de moi sur le lit, un peu raide, qui tirait légèrement sur les pans de sa robe pour préserver le haut de ses cuisses de mes convoitises supposées de jésuite, ou tout du moins les soustraire aux quelques regards papelards que je devais leur adresser en douce, avant de finir par se relever pour me présenter son fleuron, une fougère, une magnifique fougère, il est vrai, épanouie et bien humide, dont elle me confessa en la triturant délicatement du bout des doigts qu'elle était fragile et délicate, et qu'il convenait de la préparer en douceur à ma présence pour faire en sorte qu'elle ne soit pas trop effarouchée quand je viendrais tout seul pour l'arroser.

Je me relevai, fis l'effort de flatter moi aussi quelques feuilles de la fougère avec le bitonio de mon porte-clefs. Les Drescher m'en furent reconnaissants, je crois. Dans le vestibule, avant de partir, ils me remirent un double des clefs de leur appartement.

La première fois que je suis remonté chez les Drescher après leur départ en vacances (pour arroser leurs plantes et leur faire un peu de conversation, comme ils me l'avaient demandé), fut ce jour du début du mois de juillet où j'ai arrêté de regarder la télévision. Ce soir-là, après le dîner, je m'étais rendu dans le salon et je m'étais allongé dans le canapé avec mon journal, bien décidé à ne pas allumer la télévision. Le téléviseur était éteint en face de moi, et je lisais tranquillement le journal dans la douce pénombre de la pièce, isolé dans le petit îlot de clarté oblique de la lampe de lecture halogène que j'avais allumée à côté de moi (la chaude lumière dorée de la lampe tombait sur mon crâne avec exactitude et auréolait ma calvitie d'une sorte de duvet de caneton du meilleur effet). Ce n'était évidemment pas pour me mortifier inutilement que je m'étais assis juste en face du téléviseur éteint, mais je tenais à éprouver mes capacités de résistance en présence même de l'objet de la tentation, de manière à pouvoir allumer la télévision à tout instant si ma volonté venait à faire défaut. Autant, d'ordinaire, il m'arrivait souvent de ne pas regarder la télévision le soir quand je restais tout seul à la maison, et de faire autre chose très simplement, lire ou écouter de la musique, par exemple, pour rester décent, autant ce soir-là la télévision avait pris une importance démesurée pour moi du simple fait que j'avais pris la décision d'arrêter de la regarder, et, quoiqu'il m'en coutât, je devais bien avouer qu'elle occupait à présent toutes mes pensées. Mais je faisais semblant de rien. J'avais ouvert mon journal et, un bon petit coussin calé derrière la nuque, je lisais tranquillement les programmes de télévision en face du téléviseur éteint.

Depuis le départ en vacances des Drescher, qui remontait à un peu plus de trois semaines maintenant (leur départ avait plus ou moins coïncidé avec celui du Tour de France), je n'avais plus du tout pensé à leurs plantes, et ce n'est que ce soir, comme je traînais en pyjama dans le salon avant d'aller me coucher, que j'étais retombé par hasard sur la liste de recommandations qu'ils m'avaient laissée avant de partir. Je la relus pensivement et, un peu pris de remords, inquiet malgré tout de la santé des plantes dont j'avais la charge, je décidai de monter leur faire une petite visite de digestion. Dans les escaliers, tandis que je montais en pyjama chez les Drescher dans l'obscurité de la cage d'escalier (la minuterie de l'immeuble était cassée), je croisai un type assez bizarre qui descendait les escaliers sur la pointe des pieds avec un sac de sport en cuir blanc qui paraissait très lourd et duquel il me sembla voir dépasser dans la pénombre quelques éléments d'une chaîne stéréo et un peu d'argenterie. Je m'arrêtai au milieu des marches, une main sur la rampe, et je le regardai s'éloigner. Il accéléra le pas. Je ne bougeais pas, mon arrosoir à la main (j'avais emporté mon propre arrosoir, un grand arrosoir en fer-blanc galvanisé). L'homme se retourna furtivement, me regarda rapidement avant de disparaître. Nos relations s'en tinrent là (il est peut-être en prison, à l'heure qu'il est). Arrivé sur le palier du deuxième étage, je me penchai sur la serrure et fis tourner la clef, poussai prudemment la porte de l'appartement des Drescher. Je n'étais pas très rassuré. J'allumai la lumière à tâtons dans l'entrée, fis quelques pas dans le couloir. Il n'y avait pas un bruit dans l'appartement des Drescher. Le bureau de Uwe, dans lequel j'étais entré sans bruit, était dans la pénombre, silencieux et désert. Il n'y avait personne dans la pièce, nonobstant le caoutchouc, fidèle à lui-même sur la cheminée, mutique, âgé, lisse, chinois. Son calme m'apaisa, je m'assis un instant sur la chaise du bureau de Uwe pour reprendre mes esprits. Je me relevai, mon arrosoir à la main, et, ouvrant la porte-fenêtre du bureau, je sortis un instant prendre l'air de la nuit sur le balcon. A peine avais-je mis un pied dehors sur le balcon que je me plaquai en arrière contre la façade et que je ne bougeai plus. Vous savez ce qui se passait ? En contrebas, dans la rue, je venais d'apercevoir le malfaiteur que j'avais croisé quelques instants plus tôt dans les escaliers qui était en train de s'entretenir à voix basse dans la nuit avec un de ses complices (une femme, ou un homme affublé d'une perruque), qui l'aidait à ranger le sac de sport dans le coffre d'une camionnette volée. J'étais témoin d'un cambriolage, c'était bien ma veine. Je demeurais là sans bouger en pyjama sur le balcon, retenant ma respiration, mon arrosoir à la main. Il n'y avait pas le moindre bruit à ce moment-là dans la rue de ce quartier résidentiel, et, en prêtant l'oreille, je parvenais, grâce à ma bonne connaissance de l'allemand, de la langue et de la culture allemande, pourrait-on même dire (depuis que j'étais à Berlin, je m'étais mis sérieusement à l'étude de l'allemand), à discerner quelques bribes de leur conversation. Un type comment ? disait la femme. Un chauve, disait l'autre, un chauve en pyjama. Il leva la tête un instant en direction de l'immeuble. Avec un arrosoir, ajouta-t-il. Un chauve en pyjama avec un arrosoir, dit la femme, et elle se mit à rire, elle avait le fou rire, un chauve en pyjama avec un arrosoir dans les escaliers de l'immeuble, elle trouvait ça vraiment excellent. Et il a cru que tu étais en train de voler quelque chose, ajouta-t-elle avec effort, avant de se remettre à rire de plus belle. Elle riait tellement qu'elle en trébucha sur le trottoir et se rattrapa in extremis au bras de l'homme. Oui, il faisait une de ces têtes, disait l'autre en se mettant à rire à son tour. Tout le monde riait maintenant dans cette rue – on se serait cru dans un autre pays. Moi-même, en pyjama dans l'ombre du balcon, mon arrosoir à la main, pris par la gaieté ambiante, je ne pouvais m'empêcher de réprimer un léger sourire ennuyé.

Quelques minutes plus tard, je me trouvais dans la cuisine des Drescher en robe de chambre (je m'étais empressé de passer une robe de chambre par-dessus mon pyjama, une grande robe de chambre écossaise de Uwe, aux manches larges, évasées, brodées au plumetis), et, les avant-bras nus, j'étais en train de remplir mon arrosoir au robinet en essayant de ne pas me mouiller les pieds. Je fermai le robinet de l'évier, laissai s'écouler les dernières gouttes dans le récipient, comme après un petit pipi, le robinet des Drescher étant d'ailleurs doté d'un de ces longs prépuces flasques en caoutchouc flexible qui permet aux ménagères de diriger le jet où bon leur semble, et, l'opération terminée, soulevant avec difficulté mon grand arrosoir de jardin en fer-blanc lourd à présent de plusieurs litres d'eau, je me mis en route dans l'appartement, en le portant à ma droite, comme une valise. Arrivé dans le vestibule, je sortis de ma poche la liste que les Drescher m'avaient laissée et la relus distraitement. Ouf, comment s'y retrouver, dans tous ces termes de botanique allemands ? Et par quoi commencer ? Voici la liste dans son intégralité, on comprendra peut-être mieux ma perplexité. Rebord de la fenêtre de la cuisine : Semis de persil et de basilic. Tous les jours (autant que possible). Cuisine : Petit pot de thym. Deux fois par semaines. Entrée : Yucca. Une fois par semaine. Bureau : Ficus elastica (Brumisation bienvenue. Peu de besoin). Bégonia (Ne jamais mouiller les feuilles. Pas de brumisation. Surfaçage indispensable, toutes les deux semaines, changer la terre, la retourner autour de la racine). Balcon : Semis de marguerites. Tous les jours (autant que possible). Chambre : Gardénia (Ne jamais mouiller les feuilles. Lustrage bienvenu. Arrosage deux fois par semaine). Fougère (gros besoins, deux fois par jour, si grosses chaleurs ; sinon, tous les jours. Pas de lustrant). Hibiscus (Peu de besoin). Plumbago (Deux fois par semaine). Suivaient deux lignes de blanc et un petit nota-bene comminatoire rajouté d'une ample écriture féminine enthousiaste, qui ne manquait pas de piquant non plus. N.B. Les plantes aiment la musique ! Bon. Je repliai la feuille, la glissai pensivement dans la poche-poitrine de ma veste de pyjama. Qu'est-ce que je pourrais bien leur chanter, moi, à ces plantes ?

Arrivé dans le bureau de Uwe, j'aperçus avec plaisir le caoutchouc sur la cheminée. Il faut dire que je m'étais pris de sympathie pour cette plante silencieuse, aux grandes feuilles ovales et vertes comme des oreilles, qu'on aurait dit couvertes de laque tant elles paraissaient lisses. J'aimais la tristesse impassible qui se dégageait de ce caoutchouc, son côté sphinx, son calme, son détachement, comme son indifférence foncière au monde. Eût-il parlé qu'il eût bâillé, tel eût été l'oracle, son simple commentaire sur le monde. Pas même un reproche. J'entrai plus avant dans la pièce, mon arrosoir à la main, sans lui prêter davantage attention. Il avait mon estime. Il devait me savoir gré de ma retenue, j'imagine. Je me contentai de le regarder discrètement du coin de l'œil en entrant, puis, vite, je détournai les yeux. J'ai toujours aimé ces amitiés pudiques, faites d'égards et de réserves, de silence et de flegme. J'étais servi : je n'aurais pas été là, c'était pareil. Je m'épongeai le front. Avec tout le mal que je me donnais. Je m'accroupis à côté de l'arrosoir et, enroulant la manche de ma robe de chambre autour de mon coude, je trempai mes doigts dans l'eau, avant de me relever pour asperger le caoutchouc sous le goupillon improvisé de ma main, éclaboussant ses feuilles de mille gouttelettes virevoltantes. Je recommençai l'opération ainsi à deux ou trois reprises, me penchant à chaque fois sur l'arrosoir pour laisser barboter un instant mes doigts dans l'eau (par pure lascivité, par pure lascivité), avant de les ressortir pour bénir une dernière fois le caoutchouc à distance d'une petite aspersion désinvolte et bâclée.

Assis dans la chambre à coucher des Drescher, je venais de finir mes arrosages, et je m'accordais maintenant une petite pause sur le lit, mon arrosoir à mes pieds (c'était devenu mon quartier général de campagne, le lit des Drescher). La chambre était calme et bien rangée en face de moi, les Drescher avaient pris soin de ne rien laisser traîner sur les chaises avant leur départ en vacances. Derrière la porte, à un clou, pendait le déshabillé de Inge, léger et transparent, qui se laisserait volontiers chiffonner brutalement dans un poing, avec une paire de mules à ses pieds, moins sexy, bleu pâle, plus confinées. Les quelques plantes vertes qui se trouvaient dans la pièce semblaient avoir été laissées à l'abandon depuis le début de l'été, comme livrées à elles-mêmes, les feuilles desséchées, jaunies, poussiéreuses, craquelées par endroits. La fougère, avachie dans son pot, faisait peine à voir, elle retombait sur sa tige dans une triste parodie de saule pleureur, les feuilles flapies, l'épiderme fripé. Elle avait dû souffrir de la chaleur encore plus que les autres. Je ressortis la petite liste que m'avaient laissée les Drescher pour voir ce qui était écrit au sujet de la fougère. Gros besoins (ah, oui, gros besoins, qu'est-ce que je disais). Deux fois par jour, si grosses chaleurs ; sinon, tous les jours. J'étais loin du compte, en effet. Je craignais, cependant, sans bouger, toutefois (c'était là de pures conjectures qu'il était agréable de faire sur le lit des Drescher), que, si j'arrosais trop abondamment la fougère maintenant, elle pourrait me faire une fanaison en règle. Finalement, pour lui éviter un trop brusque contraste thermique, j'allai remplir une vieille bassine d'eau tiède dans la cuisine, et, de retour dans la chambre, retirant le pot de fougère de l'étagère où elle était posée, je mis le pot à tremper pour la nuit, afin que la plante reprenne vie à son rythme, par lente et progressive infiltration d'humidité, exsudation et capillarité, de manière à retrouver toute sa vigueur et sa splendeur d'antan. J'avais été me rasseoir sur le lit des Drescher et je regardais avec scepticisme ce tub tiède dans lequel marinait la fougère. Quand je pense que je me trouvais en ce moment à Berlin à plus de dix heures du soir, assis en pyjama sur le lit de mes voisins du dessus, à m'inquiéter pour une fougère. Avant de rentrer chez moi, je retirai la robe de chambre de Uwe, que j'allai pendre à côté du déshabillé de Inge derrière la porte (elle avait une petite odeur, malgré tout, cette robe de chambre ; je respirai le déshabillé de Inge : pareil, la même petite odeur tiède et aigrelette qu'on trouve toujours au linge de nuit d'autrui). J'éteignis la lumière, et je restai encore un instant à la porte à regarder la fougère dans la pénombre qui trempait dans sa bassine, quelques feuilles renversées avec langueur sur la moquette. Je refermai la porte de la chambre tout doucement et quittai l'appartement des Drescher, m'engageai dans les escaliers, mon arrosoir à la main, avec le sentiment du devoir accompli.

De retour chez moi, j'allai éteindre la petite lampe halogène que j'avais laissée allumée dans le salon et, m'avançant à tâtons dans l'obscurité, je m'approchai de la fenêtre. Il faisait très sombre dehors, et je devinais la ligne régulière des toits dans la nuit. Quelques téléviseurs étaient encore allumés ici et là aux fenêtres des immeubles d'en face. Dans chaque appartement où un téléviseur était allumé, la pièce principale baignait dans une sorte de clarté laiteuse qui, toutes les dix secondes environ, à chaque changement de plan du programme diffusé, disparaissait et laissait la place à un nouveau cône de clarté qui se déployait en deux temps dans l'espace. Je regardais tous ces faisceaux lumineux changer ensemble devant moi, ou tout au moins par grandes vagues successives et synchrones qui devaient correspondre aux différents programmes que chacun suivait dans les différents appartements du quartier, et j'éprouvais à cette vue la même impression pénible de multitude et d'uniformité qu'au spectacle de ces milliers de flashes d'appareils-photo qui se déclenchent à l'unisson dans les stades à l'occasion des grandes manifestations sportives. Debout là en pyjama à la fenêtre du salon, je continuais de regarder dehors et je ne sus si je pouvais interpréter ce qui advint alors comme un signe du destin, quelque petit encouragement personnel que les cieux voulaient m'adresser pour me récompenser d'avoir renoncé aux joies séculières de la télévision, mais, à ce moment précis, dans l'encadrement d'une des fenêtres du grand immeuble moderne qui me faisait face, au troisième étage exactement, une jeune femme apparut à poil dans son appartement. L'envoyée du ciel (je la reconnus tout de suite, c'était une étudiante que j'avais déjà croisée deux ou trois fois dans le quartier) était entièrement nue et en tous points délicieuse, qui me faisait un peu penser à une créature de Cranach, Vénus ou Lucrèce, la même silhouette svelte et comme torsadée, fragile, des seins véniels comme des péchés mignons et quasiment pas de poils sur le pubis, seule une frêle mèche blonde un peu folle et emberlificotée à l'endroit le plus intime. Elle cherchait son pyjama apparemment, ou ce qui en tenait lieu, un tee-shirt marin rayé horizon-

45

talement bleu et blanc, qu'elle finit par retrouver et par revêtir paresseusement, avant de ramasser une bouteille d'eau minérale sur une table et de s'éloigner lentement dans la pièce, les fesses nues sous le tee-shirt rayé, de sorte que j'avais tout loisir de suivre des yeux l'ondulante progression de ce qui me tenait le plus à cœur chez elle à ce moment-là dans l'encadrement quasiment télévisuel de sa fenêtre illuminée dans la nuit, jusqu'à ce que, finalement, elle disparût de la pièce et éteignît la lumière. Fin des émissions célestes.

Le lendemain matin, je me levai à sept heures moins le quart, et je pris le petit déjeuner tout seul dans la grande salle à manger de l'appartement de Berlin. Pensif, je mangeais un œuf à la coque dans la pénombre légèrement rosée de la pièce, et j'écoutais distraitement les informations de sept heures à la radio, le visage endormi mais l'esprit déjà en pleine activité, qui échafaudait mentalement quelques arabesques très libres et très agréables à suivre sur les différents développements possibles que pourrait prendre mon étude (j'ai toujours aimé les petits déjeuners de travail informels en ma compagnie). Puis, mon petit déjeuner achevé, tandis que je traversais le clair-obscur de l'appartement pour rejoindre mon bureau, j'aperçus ma silhouette au passage dans le miroir de l'entrée, et il m'apparut que c'était une image de moi assez juste, cette longue silhouette voûtée dans la pénombre du couloir, une tasse de café à la main, qui s'avançait à l'aube vers son bureau et les mille promesses de travail encore intactes qu'il devait recéler. Toujours concentré, je mis mon ordinateur sous tension, qui me souhaita la bienvenue dans des gargouillements de machine à café. J'ouvris pensivement l'icône du disque dur d'un rapide cliquètement de souris, et, très vite, parmi la dizaine de dossiers légèrement bleutés qui s'affichèrent devant moi dans la fenêtre électronique que je venais d'ouvrir, je choisis le dossier appelé *Le Pinceau*, que j'ouvris également, en imprimant de nouveau une double pression du doigt sur le clitoris de ma souris, agaçant savamment sa petite zone ductile. Presque sans transition, une vaste étendue grisâtre et irradiée de lumière apparut devant moi sur l'écran. Je soulevai la tête, le regard fixe, et commençai à réfléchir. Je bus pensivement une gorgée de café, reposai la tasse dans la soucoupe. Mais rien ne venait.

Cela faisait trois semaines maintenant que j'essayais vainement de me mettre au travail. Dès le début, en vérité, dès le premier jour, quand je m'étais présenté pour la première fois dans mon bureau dans la magnifique lumière tamisée du lever du soleil et que j'avais mis mon ordinateur sous tension, je m'étais heurté à une petite question passablement complexe, que, plutôt que de résoudre dans l'heure avec la sûreté instinctive des décisions prises dans la chaleur du commencement, j'avais préféré soupeser et examiner longuement sous différents aspects, au point de me trouver assez vite complètement bloqué et incapable, ni de commencer, ni, à plus forte raison, de continuer. Je m'étais relevé de ma chaise et j'avais ouvert la porte-fenêtre du balcon, j'étais sorti sur la terrasse et j'avais continué à réfléchir à cette petite question en regardant dans la rue. La petite question épineuse qui m'occupait ainsi l'esprit était tout simplement comment appeler le peintre dont j'allais parler, comment le nommer, Titien, le Titien, Vecelli, Vecellio, Tiziano Vecellio, Titien Vecelli, Titien Vecellio ? Certes, une telle question pouvait peut-être paraître futile au regard de la vaste étude que je me proposais de faire sur les relations entre les arts et le pouvoir politique au seizième siècle en Italie, mais il m'apparaissait aussi, sans entrer dans des considérations trop abstruses, qu'il n'était peut-être pas complètement indifférent d'attacher quelque importance à la manière de nommer, si l'on voulait écrire. Pour résumer brièvement l'état de la question telle qu'elle se présentait à moi ce matin-là, j'avais observé, dans la trentaine de livres et d'études que j'avais lus ou simplement parcourus pour la préparation de mon étude, que les auteurs qui avaient consacré un livre à Titien Vecelli, ou Vecellio (même son nom de famille n'était pas établi historiquement avec certitude, et variait légèrement selon les sources, étant parfois donné comme Vecelli, avec i, parfois comme Vecellio, avec o), ne s'accordaient jamais sur son nom, et que, très sommairement, deux possibilités étaient généralement retenues pour l'évoquer, certains auteurs, les plus nombreux, tels Victor Basch, ou Jean Babelon, l'appelaient tout simplement Titien, tandis que les autres, aux rangs desquels figuraient par exemple Alfred de Musset ou certains traducteurs français d'Erwin Panofsky, préféraient adjoindre un petit article défini devant son prénom, et l'appeler le Titien, comme à la campagne.

J'avais quitté ma table de travail, et j'avais été m'asseoir un peu à l'écart dans mon bureau pour réfléchir. Ma veste était restée sur le dossier de la chaise, et je regardais pensivement la table de travail comme si j'étais toujours assis là à travailler (mais ce n'était qu'une impression, je ne travaillais plus depuis longtemps). De chaque côté de ma veste, je voyais dépasser les angles de l'épaisse plaque de verre transparente de la table de travail. L'ordinateur était toujours allumé, qui ronronnait au centre du bureau, l'écran scintillant imperceptiblement quand on le regardait, avec, à sa droite, l'imprimante, en veilleuse, le voyant vert allumé, une centaine de feuilles blanches dans le réservoir, et, à sa gauche, sur le bureau, quelques livres et diverses chemises de couleur qui contenaient la plus

grande partie de ma documentation. J'étais assis
les jambes croisées dans mon fauteuil, un de ces
fauteuils de metteur en scène en toile noire aux
bras métalliques à angle droit, identique à celui
qui se trouvait dans la salle à manger, et assez
comparable à deux autres que nous avions dans
le salon. La porte-fenêtre était entrouverte dans
mon bureau, et j'apercevais quelques oiseaux
qui picoraient devant moi sur le balcon. J'étais
immobile dans mon fauteuil, pensif, et j'observais le déplacement de tout petits nuages blancs
allongés dans le ciel de Berlin. Presque tout, à
ce moment-là, dans mon attitude, évoquait
Charles Quint, je trouvais, le Charles Quint fati-
gué de la Pinacothèque de Munich, le visage
pâle et pathétique, un gant à la main, assis là
comme de toute éternité dans son fauteuil
monacal. Je n'avais pas de gant à la main, bien
sûr, mais, assis là sans bouger dans mon fauteuil
de metteur en scène, le visage grave et rien de
malicieux dans le regard, une main posée sans
façon sur le bras du fauteuil, je devais dégager
la même impression de calme et de sérénité
inquiète que celle qui apparaissait de la personne de l'empereur telle que Titien l'avait sai-
sie à Augsbourg devant un riche fond de maro-

quin doré, le corps digne et las, et la même pâleur dans le visage que la mienne, la même inquiétude dans le regard. A quoi pensions-nous donc ? De quoi avions-nous peur si sereinement ?

Assis dans mon bureau, je regardais mon ordinateur allumé en face de moi et je songeais que l'envie m'était peut-être tout simplement passée de mener à bien cette étude. La première fois que, dans l'enthousiasme et presque l'exaltation, l'idée d'une telle étude m'était venue remontait à trois ou quatre ans maintenant, devant un portrait de Charles Quint peint par Amberger que je regardais dans une des salles du musée de Dahlem, et, depuis ce jour, le projet n'avait fait que mûrir dans mon esprit, je m'en étais d'abord ouvert une première fois à mes parents lors d'une visite que je leur avais faite peu de temps après à Bruxelles, puis j'en avais parlé à Delon, j'en avais parlé avec enthousiasme à mes collègues D. et T., j'en avais même fixé par écrit les grandes lignes dans un petit mémoire que j'avais utilisé par la suite pour présenter mon dossier de candidature à l'obtention de cette bourse (l'ayant même encore précisé à cette occasion, autant qu'un peu germanisé). Depuis que j'étais à Berlin, de même, j'avais eu très souvent l'occasion de parler de mon projet, et, chaque fois que, dans quelque lieu public, dans quelque vernissage ou quelque réception, telle ou telle sympathique jeune Tudesque venait me demander ce que je faisais à Berlin dans son charmant français hésitant et appliqué, j'évoquais ma bourse (petite plaisanterie sibylline que je savourais sous cape, le mot évoquant en effet à la fois mes roustons et mon allocation), et je commençais à lui décrire mon projet sous ses meilleurs contours, insistant sur ce qu'il pouvait avoir de passionnant et de nouveau, d'original et de novateur. Je m'étais même surpris, depuis quelque temps, à évoquer parfois mon projet en public de ma propre initiative, lors de soirée ou de dîner à la maison, et avec un enthousiasme tel, parfois, que je pouvais me demander si ce n'était pas moi, en définitive, que je cherchais à convaincre de l'intérêt qu'il pouvait présenter, plutôt que les malheureuses personnes à qui je m'adressais. La règle, une fois de plus, semblait se vérifier, que je ne m'étais jamais encore formulée clairement, mais dont la pertinence m'était déjà bien souvent apparue en filigrane, qui voulait que les chances que l'on a de mener un projet à bien sont inversement proportionnelles au temps que l'on a consacré à en parler au préalable. Pour la simple raison, me semblait-il, que, si l'on a déjà joui tout son soûl des jouissances potentielles d'un projet aux étapes précédant sa réalisation, il ne reste plus, au moment de le mettre en œuvre, que la douleur inhérente à la création, le fardeau, le labeur.

Assis les jambes croisées dans mon fauteuil de metteur en scène, il m'apparut alors que ce simple, mais redoutable, petit déplacement de jouissance dans la conduite de la plupart des projets humains pouvait avoir des conséquences catastrophiques en ce qui concerne la création artistique. Et, poursuivant ainsi le cours de mes pensées, j'en vins tout naturellement à m'interroger sur le rôle que la télévision avait pu jouer dans le fait que l'homme, maintenant – l'entrepreneur, l'artiste, l'homme politique –, semblait consacrer davantage de temps et d'énergie au commentaire de ses actions qu'à ses actions elles-mêmes. N'étant évidemment pas étrangère à cette dérive, la télévision pouvait cependant nuire encore bien davantage à la création artistique, en proposant par exemple des émissions où les artistes seraient invités à venir parler de leurs projets. De la sorte, en ne s'intéressant plus du tout aux œuvres qu'ils auraient déjà accomplies, mais uniquement à celles qu'ils envisageaient de créer à l'avenir, la télévision pourrait ainsi permettre aux artistes – aux plus reconnus du moment, dans un premier temps, mais le principe pourrait rapidement s'élargir à tous – d'épuiser par avance le potentiel de jouissance de leurs derniers projets, au point de rendre leur réalisation ultérieure superflue, et la création artistique en elle-même, à terme, superfétatoire. Les artistes seraient sans doute bien meilleurs d'ailleurs, plus vivants et plus convaincants, pour parler d'œuvres auxquelles ils n'auraient pas encore mis la première main et pour lesquelles ils auraient conservé toute leur énergie intacte, que pour commenter une œuvre qu'ils viendraient de finir, une œuvre qui leur tiendrait à cœur, fragile et délicate, qu'ils prendraient jalousement soin de défendre, et dont ils seraient, finalement, infoutus de parler avec la désinvolture qui sied.

55

J'éteignis mon ordinateur, dont le faible bourdonnement électrique continu sembla se soulager d'un coup, comme s'il décompressait. Je restai un instant debout devant ma table de travail, jetai un rapide coup d'œil par la fenêtre. Il faisait très beau, et je décidai de sortir prendre l'air. Je portais un pantalon de toile et une chemise blanche estivale, les pieds nus dans des chaussures de bateau légères, décorées d'un faux lacet de parure qui courait le long du cuir et entrait et sortait par de multiples ouvertures latérales. Arrivé sur la Arnheimplatz, non loin de chez moi, je longeai une petite haie de buis derrière laquelle se trouvait un parking désert qui bordait les devantures de quelques commerces pour la plupart fermés en juillet, une blanchisserie, un magasin de cycles et un salon de coiffure. Un peu plus loin, sur un terrain vague que délimitait une petite balustrade de colonnettes en stuc, s'étendait l'espace d'exposition d'un magasin de décoration de jardin, avec toute une série de statuettes imitation antique, pâtres et Praxitèles en plâtre, abandonnées là sur un gazon pelé, petites fontaines girondes, bas-reliefs ultrakitsch et en toc. J'étais entré dans une petite librairie-papeterie où j'avais mes habitudes, et je traînais entre les rayons, je pris distraitement le journal sur un présentoir, et me rendis à la caisse, où je le déposai sur le comptoir. Je voudrais des essuie-mains aussi, dis-je avec mon meilleur accent allemand. Pardon ? dit la dame à la caisse. Des essuie-mains, dis-je. Je demeurais debout en face d'elle et je lui souriais poliment, dans cette situation de légère infériorité dans laquelle vous met une connaissance imparfaite de la langue du pays. Vous n'avez pas d'essuie-mains, peut-être ? dis-je, avec ce soupçon d'ironie qui me caractérise parfois. Non, dit-elle. Et, ça, c'est quoi ? dis-je, gentiment (je n'allais pas l'accabler), en pointant du doigt des paquets de mouchoirs en papier disposés derrière le comptoir. Ça, c'est des mouchoirs en papier, dit-elle. Bon, eh bien, je vais prendre ça, à la place, dis-je, des mouchoirs en papier. Combien je vous dois ? dis-je avec mon meilleur accent allemand. Elle devait me prendre pour un touriste, avec mon chapeau de paille. Pardon ? dit-elle. Elle me fit signe de patienter avec les deux mains, griffonna deux marks trente-cinq sur un morceau de papier, qu'elle releva et présenta sous mes yeux avec une expression de patience angélique exacer-

bée. Je payai, et sortis du magasin (Taschen-
tuch : mouchoir, Handtuch : essuie-main, quelle
langue délicate).

Pour traverser la chaussée, mon journal à la
main et ma veste sur le bras, que j'avais enlevée
car il faisait vaiment très chaud, je dus m'y
prendre à plusieurs reprises. La première fois,
je ne pus m'aventurer que d'un pas au-delà du
fin ruban de macadam cendré de la piste cyclable, car je dus reculer aussitôt à l'approche
d'une voiture dont le conducteur, apparemment autant furieux que dans son droit, ne
pouvait vraisemblablement rien faire d'autre
que klaxonner pour m'éviter. La deuxième fois,
je parvins, au terme de trois petits bonds d'anti-
lope placés au bon moment, à gagner le terre-
plein de béton qui séparait les deux voies rapides de l'autoroute urbaine qui sillonne le nord
de Berlin, dans un enchevêtrement autoroutier
complexe, car c'est là que se rejoignent le péri-
phérique intérieur, qui permet tout aussi bien
de gagner l'aéroport de Tegel, vers le nord, que
les quartiers de Steglitz, vers le sud, jusqu'à
Zehlendorf, et les grandes autoroutes qui
conduisent vers l'ouest du pays, vers Francfort

ou Cologne, et vers l'est, dans l'autre sens, en direction de Tegel, vers Dresde, ou même vers la Pologne, me semblait-il, redemandez, quand même, expliquais-je, le bras tendu en direction des confins de la Funkturm, penché à la vitre d'une petite voiture bleu ciel en tôle ondulée qui venait de s'arrêter à ma hauteur sur le bord de la route, et dont les deux occupants, penchés vers moi, me regardaient médusés (peut-être qu'ils ne comprenaient pas l'allemand). Puis, avant de traverser, tandis que je regardais la petite voiture s'éloigner vers la Pologne et son triste destin, je dus attendre le passage de nouveaux flux de voitures, qui se présentaient toujours par vagues successives, ne laissant entre elles qu'une courte respiration avant le déferlement bruyant de la vague suivante, courte pause dont le piéton que j'étais aurait sans doute pu profiter, n'était la présence presque systématique d'une voiture retardataire qui se présentait en lambinant entre les deux vagues principales et m'empêchait à chaque fois de traverser, une voiture de police au ralenti, par exemple, lors du dernier passage, le gyrophare éteint, dont je sentis le regard inquisiteur des deux occupants à l'intérieur qui me jaugèrent pour évaluer mentalement jusqu'à quel point un type comme moi pouvait troubler l'ordre public, avec son chapeau de paille au milieu de l'autoroute. Enfin, la voie fut libre et je pus traverser, j'enjambai le petit parapet protecteur de la glissière de sécurité, et je ne dus faire que quelques pas le long d'une maigre haie d'arbustes pour gagner l'entrée principale du parc de Halensee.

Sur les pelouses vertes et rases du parc de Halensee qui descendaient en pente douce vers le lac, trois à quatre cents personnes, pour la plupart nues, prenaient le soleil allongées ou assises en tailleur, un mouchoir sur la tête, lisaient un journal à plat ventre, mangeaient des tomates assis sur des tabourets de camping en toile multicolore, sur des transats, des glacières à côté d'eux. De nombreuses bicyclettes, çà et là, étaient couchées à flanc de colline, leur propriétaire allongés dans l'herbe, les mains derrière la nuque, la verge de guingois, ou à plat ventre, une casquette rouge sur la tête, tournant lentement les pages d'un livre ouvert devant eux. Beaucoup se baignaient dans le lac, ou discutaient au bord de l'eau, comme au bain de vapeur, une serviette leur ceignant la taille, une nageuse aux cheveux mouillés barbotant à leurs pieds, se promenaient ou couraient, évitaient les enfants qui s'éclaboussaient dans l'eau, se jetaient des bouées. Partout, des gens, écrasés de chaleur, par grappes ou isolés, parfois habillés ou simplement torse nu, étaient assis là sur les pelouses, des jeunes Turcs, graves, comme en conciliabule autour d'un feu inexistant, avec des blousons lourds, des pantalons en cuir, des canettes de bière vide à côté d'eux, déformées, renversées, qui discutaient en se retournant de temps à autre pour mater autour d'eux les corps nus de jeunes femmes allongées à proximité, les fesses blanches et luisantes d'huile solaire offertes aux brûlures de la lumière et des regards ombrés derrière les lunettes de soleil. Des chiens, rapides, la truffe au ras du sol, furetaient le long des pelouses, qui allaient renifler d'intéressantes crottes récentes, des boîtes de conserves écrasées, les organes sexuels dénudés de quelque vieille personne allongée qui se redressait avec dégoût, chassait le chien avec un journal, se levait pour le poursuivre de ses invectives, plusieurs personnes suivaient la scène des yeux, debout ou simplement redressées à demi sur leur séant, en souriant à leurs voisins immédiats, commentant l'incident. A l'ombre, allongée sur un coude sur un versant moins raide, une punk d'au moins trente-cinq balais, aux cheveux verts en crête de coq et blouson de cuir noir élimé, regardait fixement ses concitoyens avec dégoût, un brin de paille entre les lèvres. Devant elle, près d'un sentier piéton qui serpentait le long du lac à l'ombre des grands arbres, des mamans promenaient leurs bébés dans des landaus, suivies de chiens et de vélos d'enfant, de papas qui portaient des enfants hilares sur leurs épaules, tandis que, klaxonnant, quelque cycliste esseulé et casqué, zigzagant dans la foule, se frayait un passage parmi les promeneurs, parfois brutalement arrêté par quelque obstacle imprévu, un enfant en bas âge courant toujours plus loin derrière un ballon qui s'échappait, le fauteuil de quelque infirme imprévoyant, qui obligeait le cycliste à freiner en catastrophe, à se rattraper parfois à l'épaule d'un passant, avant de repartir à grands coups de pédales en répondant d'un simple doigt tendu vers les cieux aux insultes qu'il emportait dans son sillage.

Je m'étais assis un peu à l'écart sur la pelouse, à quelques mètres d'une jeune Asiatique en chemise blanche, sage comme une icône, un cahier à spirale à la main, avec les cheveux noirs tirés que retenait un ruban blanc, et qui, sans bouger, un stylo à la main, semblait se laisser imprégner par la douceur de la nature environnante en regardant les arbres pensivement, les petits oiseaux posés sur l'effilé des branches, comme si elle se préparait à composer quelque poème élégiaque, les jambes allongées, timides et parallèles, qui dépassaient d'une jupe bleue plissée. A l'ombre d'un grand chêne, devant nous, sur une table de pierre à laquelle un filet métallique inamovible était fixé, un couple était en train de jouer au ping-pong sous le feuillage des arbres. Mis à part leurs chaussures et leurs chaussettes, ils ne portaient pas le moindre vêtement sur eux, ni tee-shirt ni survêtement, ce qui ne les empêchaient pas, leur raquette à la main et un bracelet en éponge autour du poignet, de se livrer à une partie de ping-pong acharnée, se disputant chaque point avec une énergie rare, reculant, le haut du corps pris de vitesse et rabattu en arrière, pour renvoyer la balle d'un ultime coup désespéré, et se jeter ensuite en avant à la moindre ouverture, pour smasher de toutes leurs forces en se jetant vers la table tout en accompagnant leurs coups de raquette barbares de grands ahanements d'effort et de plaisir mêlés. La jeune femme, qui était au service, concentrée et en nage, le genre de femme à laquelle je ne me mesurerais pas volontiers sportivement, intégralement bronzée et musclée jusqu'aux adducteurs intérieurs des cuisses, liftait vicieusement les balles avec des arrondis du bras, et smashait en sautillant, serrant le poing à hauteur de visage, déterminée, chaque fois qu'elle gagnait un point. Quand elle allait ramasser les balles tombées sur la pelouse, j'inclinais sobrement la tête sur le côté pour mieux voir son petit sillon fendu quand elle se penchait en avant (la partie, dans l'ensemble, était assez plaisante à suivre).

J'avais posé ma veste et mon journal sur l'herbe à côté de moi, et j'étais en train de défaire un par un les boutons de ma chemise en coton blanc, pour l'entrouvrir sur ma poitrine, il faisait une chaleur telle que je crois que je pouvais me permettre cette légère entorse aux convenances vestimentaires urbaines. Ayant ainsi entrouvert ma chemise, mais gardé mes chaussures et mon chapeau, je commençai à lire paresseusement mon journal, assis en tailleur sur la pelouse. Je lus un petit article pas très intéressant consacré au Tour de France qui s'était terminé la veille, puis, dépliant lentement les grandes feuilles bruissantes du journal devant moi, je feuilletai les pages culturelles, lus la critique d'un concert, avant de passer aux programmes de télévision. J'avais remarqué depuis quelque temps que l'espace réservé aux programmes de télévision n'avait cessé de croître dans les journaux, régulièrement, depuis une dizaine d'années, de manière lente et insidieuse, imperceptible et inéluctable. Se limitant au début à une page, généralement la dernière ou l'avant-dernière du journal, ils avaient peu à peu grignoté de l'espace et étaient passés progressivement à deux pages, voire à trois ou quatre pages, quand ce n'était pas un cahier entier qui leur était consacré. Il était d'ailleurs raisonnablement à craindre que, dans un avenir proche, les programmes de télévision, qui, pour l'instant encore, demeuraient cantonnés dans les dernières pages des journaux, ne finissent par établir une tête de pont du côté des premières pages pour progresser alors également de l'avant vers l'arrière des journaux en vue d'établir finalement leur jonction, ne laissant plus alors à la partie saine du journal qu'un étroit corridor préservé, où l'on parlerait encore, directement, des affaires du monde.

J'avais refermé mon journal, et je m'étais allongé torse nu dans l'herbe. Les yeux fermés, je sentais le soleil caresser mon visage et ma poitrine, mes cuisses brûlaient sous la toile surchauffée de mon pantalon, et je finis par enlever mes chaussures avec mes pieds, appuyant les orteils sur le talon pour les ôter l'une après l'autre. Sans me redresser, les cuisses brûlantes, je défis la ceinture de mon pantalon, et, sans me relever, me contorsionnant sur le dos, je fis glisser mon pantalon le long de mes jambes pour le retirer, le posai à côté de moi sur l'herbe. Je restai une dizaine de minutes allongé ainsi en caleçon dans l'herbe à ne penser à rien, puis je me redressai, tellement j'avais chaud. Sous l'arbre, la partie de ping-pong était terminée, la jeune fille était assise sur le petit banc de pierre à proximité de la table de jeu et se changeait, enlevait ses chaussettes pour laisser respirer un instant ses pieds nus à l'air libre (elle paraissait satisfaite, le type avait dû pouvoir aller se rhabiller). Je m'étais relevé, et je me tenais debout sur la pelouse, mon chapeau sur la tête. En dehors de mon chapeau, je ne portais qu'un simple caleçon assez ample et sans poche, un de ces caleçons américains qui pouvait très bien passer pour un maillot de bain, je ne me faisais aucune inquiétude à ce sujet, ma tenue était parfaitement décente. J'enlevai mon caleçon. Je sentais quelques gouttes de transpiration me descendre lentement le long des tempes. Je ne bougeais pas. J'avais toujours aussi chaud, cela n'avait pas amélioré grand-chose. Une guêpe, bourdonnante, tournait autour de mes pommettes, finit par s'éloigner. Je me serais volontiers passé un peu d'huile solaire sur les épaules, et sur le haut de la poitrine aussi, dont la chair commençait à rosir. La Japonaise, assise en tailleur à côté de moi, écrivait maintenant dans son cahier. Elle releva la tête vers moi, pensive, et regarda un instant mes parties tout en continuant à réfléchir, les yeux dans le vague, se mit à écrire une nouvelle phrase dans son cahier. Elle travaillait d'après nature, qui sait. Je posai dans l'herbe le chiffonnement de tissu léger et vaguement compromettant à garder dans la main qu'était devenu mon caleçon, et enlevai mon chapeau, que je posai avec soin avec le reste de mes affaires. Entièrement nu, je me dirigeai vers le lac.

Je descendais la pelouse d'un pas lent, assez mal à l'aise, et ne sachant quelle manière adopter, oscillant entre un style dégagé, avec des grands balancements des bras, dont le manque de naturel ne faisait que souligner la maladresse de ma démarche, et une manière plus digne de me mouvoir, la tête haute, plus austère, qui devait favoriser l'apparition sur mon visage d'une ride d'expression dure et renfrognée (alors que je me régalais, en réalité, à enfoncer mes pieds nus dans l'herbe tiède). De temps à autre, évitant un groupe de personnes qui jouaient aux cartes en petit comité autour d'une couverture, je renonçais à emprunter le chemin le plus direct vers le lac, et je bifurquais d'un mètre ou deux pour éviter quelque corps gras étendu sur un matelas pneumatique, ou bien, l'œil aux aguets et les pieds attentifs, je contournais consciencieusement les limites symboliques d'un terrain de sport virtuel, balisé aux quatre coins par des pull-overs roulés en boule, à l'intérieur duquel quelques types jouaient gaiement au volley-ball. Arrivé à la hauteur du chemin de promenade, je ralentis l'allure, car, pour gagner la petite plage de gravier où l'on pouvait se baigner, il fallait faire quelques pas en terrain découvert et traverser le sentier de promenade parmi des personnes pour la plupart habillées, des dames en chapeau et des messieurs élégants qui faisaient lentement le tour du lac, une écharpe autour du cou et des journaux sous le bras, en échangeant des propos calmes et mesurés, s'arrêtant un instant face à face pour réfléchir et s'opposer quelque nouvel argument dont ils soulignaient la portée d'un geste souple et arrondi de la main. Je les avais vus venir d'assez loin, je dois dire, mais il était trop tard pour les éviter maintenant, je ne pouvais plus faire demi-tour, toute retraite vers la pelouse était devenue impossible, déjà l'un deux me faisait un petit signe amical à distance. Comment allez-vous, cher ami ? me dit Hans Heinrich Mechelius, d'une voix suave, en s'approchant de moi.

C'était Hans Heinrich Mechelius, poète et diplomate, président de la fondation qui m'avait octroyé ma bourse à Berlin. Il pouvait avoir une soixantaine d'années, la chevelure ample et argentée rabattue en arrière. Il portait ce matin une veste noire et un col roulé élégant, en fine laine grise, avec un fume-cigarette noir à bout d'ambre. Quel drôle de hasard, n'est-ce pas, me dit-il en arrivant à ma hauteur. Il me serra la main cordialement, et, très gentiment, me prenant par le bras, il me présenta à la personne qui l'accompagnait, l'écrivain Cees Nooteboom, lui expliquant, avec une nuance d'ironie retenue, que j'étais cet universitaire qui préparait un essai sur Titien à Augsbourg. Cees Nooteboom hocha la tête poliment en faisant mine de s'intéresser à mon objet d'étude (Titien, oui, oui, il voyait très bien), tandis que Mechelius nous regardait tous les deux à distance, visiblement satisfait de ces présentations. Il avait l'air tout guilleret, ce matin, Mechelius, cette belle matinée ensoleillée semblait l'avoir déridé depuis la dernière fois que je l'avais vu, où je l'avais senti plus austère, et il s'enquit avec beaucoup d'amabilité de l'état de mes travaux, cette rencontre fortuite devant lui paraître une excellente occasion de s'entretenir un instant avec moi de l'évolution de mes recherches, et remplir ainsi de façon informelle, à la bonne franquette, pourrait-on dire, le rôle de conseiller amical qu'il jouait auprès de ses boursiers. Et comment avance votre travail, cher ami ? me dit-il en avançant vers moi pour retirer avec beaucoup de tact un brin d'herbe qui était resté accroché à mon épaule. Il regarda un instant pensivement le brin d'herbe entre ses doigts, le rejeta au loin en s'essuyant rapidement le bout des doigts avec le pouce tandis que je commençais à répondre à sa question (avec réticence, il est vrai, j'ai toujours été assez réticent à devoir parler de mon travail). Tel, pourtant, debout en face de lui dans l'allée, je m'efforçais de paraître le plus détendu possible, et, distraitement, je me croisai les bras sur la poitrine en finissant d'évoquer les petites difficultés auxquelles je me heurtais dans mon travail. Cees Nooteboom, lui, regardait les canards. Il avait posé quelques regards circonspects sur ma personne tandis que je parlais, tout en gardant son corps orienté en permanence en direction du lac, et il commençait à s'impatienter à présent, il enleva sa veste, qu'il posa sur son avant-bras (j'espère qu'il n'allait pas se déshabiller complètement lui aussi). A ce moment-là, comme nous étions toujours dans l'allée et que Mechelius était en train de me déconseiller d'abuser du soleil lors des premières expositions, un ballon de plage rouge atterrit au milieu du petit groupe que nous formions, que Mechelius, sans s'interrompre, ramassa aussitôt et renvoya avec l'aisance et l'adresse d'un ministre qui baptise un bateau, le jetant mollement dans les bras du grand-père chauve et tout nu qui s'approchait de nous pour récupérer son bien. Mechelius rejeta négligemment son écharpe sur son épaule après cette prouesse, sortit un mouchoir de sa poche, dans lequel il s'essuya longuement le bout des doigts. Quelle journée magnifique, n'est-ce pas, ajouta-t-il en soupirant. Vous avez l'intention de rester à Berlin tout l'été ? me demanda-t-il. Oui, oui, dis-je, le travail. Je me grattai la cuisse. Je changeai de jambe d'appui, me posai un poing sur la hanche dans l'allée. Eh oui, dit-il, pensivement, le travail, et il tira une bouffée sur son fume-cigarette en faisant un petit pas en arrière pour me considérer un instant de la tête aux pieds. Il n'en revenait pas. Il secoua la tête d'aise, il avait l'air vraiment ravi de m'avoir rencontré ce matin. Cela vous plairait-il de venir déjeuner avec nous ? dit-il. Au Flugangst, c'est à deux pas, dit-il, la terrasse est délicieuse en été. Je dis que c'était très gentil, mais que j'avais du travail.

Je faisais la planche dans le lac, à une ving-taine de mètres environ du rivage, loin du tumulte du bord de l'eau et des rumeurs de la ville qui me parvenaient assourdies. Au loin, presque tout en haut du sentier qui remontait en serpentant vers le centre de la ville (nous n'étions pas à cinq minutes du Kurfürsten-damm), je pouvais encore apercevoir les deux petites silhouettes de Mechelius et de Noote-boom qui s'éloignaient pour aller déjeuner, tou-jours en grande conversation, peut-être avaient-ils repris une conversation que mon apparition avait interrompue, ou bien parlaient-ils de moi (j'en doute). Leurs vestes à la main, le pas lourd, je les voyais peiner dans les derniers mètres de la pente et poser à l'occasion une main sur leurs cuisses tout en continuant à s'entretenir à dis-tance, Nooteboom ayant pris quelques mètres d'avance sur la fin et s'étant arrêté pour atten-dre Mechelius en haut de la pente. Leur situa-tion n'était pas si enviable que ça, je trouvais, finalement, à Mechelius et à Nooteboom, comparée à la mienne (comme quoi il est parfois préférable de travailler que d'aller déjeuner). J'étais allongé sur le dos dans l'eau et je réfléchissais à mon étude, les deux mains sans force et relâchées, que je laissais flotter librement à côté de moi et que je regardais avec une curiosité bienveillante, les poignets détendus, chaque doigt, chaque phalange, délassés dans le merveilleux élément liquide dans lequel je baignais, les jambes étendues et le corps en suspension, ma boutique émergeant légèrement hors de l'eau, comme une nature morte très simplement agencée, deux prunes et une banane, qu'un très léger ressac, parfois, venait en partie recouvrir. Le travail, quoi.

Je revenais à la nage vers le rivage, étendant lentement mes bras détendus dans l'eau fraîche et légèrement huileuse. Parfois, je faisais quelques mètres sur le dos, battant souplement les deux jambes devant moi et tournant la tête à l'occasion, pour éviter quelque abordage malchanceux avec un pneu qui flottait au fil du lac, ou avec un cygne (encore qu'ils ont l'œil, les cygnes). Arrivé à proximité du rivage, j'éprouvai quelques scrupules à me relever et à me retrouver tout nu parmi les autres baigneurs, et je nageai jusqu'à la plage sans mettre pied à terre, rampai plutôt, dans moins d'un mètre d'eau, les mains dans la boue et les épaules au fil de l'onde, nez à nez, pratiquement, avec la tirelire d'une petite fille plus grande que moi qui jouait au ballon, nue avec des brassières orange. Je me redressai à genoux dans la vase, et sortis de l'eau, me hâtai d'aller rejoindre mes affaires sur la pelouse. Avant de me rallonger, je fis quelques mouvements de tai-chi dans l'herbe, art inoffensif que le tai-chi, que l'on voit souvent pratiqué par de paisibles vieux Chinois, et dont ma mère aussi, m'étais-je laissé dire, était devenue une adepte. Je pratiquais, pour ma part, cette activité en dilettante, sans doute en dehors des règles de l'art les plus élémentaires. En garde, les genoux fléchis, le regard grave et respirant bien du nez (je devais faire penser à maman), je décomposais de lents mouvements dans l'air à côté de ma chemise et de mon caleçon qui reposaient en boule sur la pelouse, traçant avec mes bras de sinueuses arabesques dans le vide pour figurer quelque combat fictif, n'avançant solennellement d'un pas qu'au terme de tout un cycle rituel de mouvements immuables et martiaux. Le regard fixe, concentré, les poings serrés et les bras dissymétriques, j'attaquais ainsi toutes sortes de vieux démons, que je rouais de coups au ralenti, avant de les jeter par terre et de les achever au sol, de leur mettre une pâtée. Je finis par m'asseoir sur l'herbe, en tailleur, respirai amplement pour me détendre. La Japonaise, si tant est qu'elle était japonaise, d'ailleurs (elle n'avait pas l'air allemande, en tout cas), m'avait regardé faire mes exercices, un peu surprise, quoique l'œil aguerri, connaisseuse, m'a-t-il semblé. J'achevai de me sécher les mains à mon caleçon et je pris mon livre, le troisième tome des œuvres complètes de Musset.

La première fois que j'ai entendu parler de Musset, c'est dans le livre de Babelon. La phrase dans laquelle Babelon évoquait l'anecdote du pinceau, selon laquelle Charles Quint se serait baissé devant Titien pour ramasser un pinceau tombé des mains du peintre, disait tout simplement, « anecdote qui a revêtu la forme d'une légende symbolique depuis qu'Alfred de Musset s'en est emparé ». Il n'était nullement précisé dans quel texte Musset avait fait allusion à cette anecdote, si c'était dans un article, un poème, une pièce de théâtre, et ce n'est que quelques jours après être tombé sur cette phrase (j'en étais encore au tout début de mes recherches) que j'ai découvert par hasard à quel texte Babelon faisait allusion. Au bas des lents escaliers mécaniques qui mènent à l'étage inférieur de la bibliothèque de Beaubourg, sur lesquels je me laissais descendre (je vivais encore à Paris à ce moment-là), immobile et pensif, les bras croisés, jouissant paisiblement de la superbe vue plongeante sur l'immense salle de lecture où des centaines de personnes se consacraient paisiblement à l'étude, je m'étais dirigé vers le département de peinture de la bibliothèque et j'avais demandé au jeune documentaliste bouclé et à lunettes qui en avait la charge comment je pourrais retrouver un texte de Musset dans lequel il était fait allusion à une rencontre que Charles Quint aurait eue avec Titien. Le jeune homme fit immédiatement une moue éloquente pour témoigner de sa totale ignorance (alors là, il n'avait aucune idée), mais se mit quand même à pianoter paresseusement sur le clavier de son ordinateur par acquit de conscience, sur l'écran duquel, finalement, comme par enchantement, apparut une liste de neuf Musset. Alfred ? me dit-il en relevant la tête. Pardon ? dis-je. Je me penchai au-dessus du comptoir pour regarder un instant cette liste de neuf Musset affichée sur l'écran, classés par l'ordre alphabétique de leurs différents prénoms (Edouard, Georges, Paul, Raoul), me disant que seule l'informatique, finalement, était capable de faire apparaître ainsi instantanément de telles mises à jour fortuites d'occurrences insoupçonnées et sans intérêt. Alfred ? répéta-t-il, le doigt toujours en l'air, prêt à fondre sur le clavier. Alfred, concédai-je. Son doigt se soulagea sur le clavier, différentes nomenclatures apparurent sur l'écran, des listes d'œuvres classées en colonnes et en sous-colonnes. Alfred de Musset, selon l'ordinateur du département de peinture de la bibliothèque de Beaubourg, était l'auteur d'une quinzaine de livres, rien de bien intéressant pour nous, d'après mon interlocuteur. Non, je suis désolé, je ne vois pas, dit-il, et il éteignit l'ordinateur. Vous devriez vous adresser à la littérature, me dit-il, en me désignant le fond de la salle. Musset, c'est la littérature, ajouta-t-il, c'est comme Corneille. Oui, oui, dis-je, mais c'est parce que je cherchais un texte sur Titien, lui dis-je. Un texte de Musset, non ? dit-il. Oui, dis-je, et je commençai à lui expliquer qu'il s'agissait vraisemblablement d'un texte où Musset avait dû imaginer librement quelque rencontre entre Titien et Charles Quint. Mais, Musset, c'est pas la peinture, me dit-il, d'une voix presque épuisée. Comment fallait-il me le dire ? Nous réfléchîmes encore un instant tous les deux de chaque côté du comptoir. Et Charles Quint, c'est peut-être la peinture ? me dit-il – le coup de grâce.

Arrivé au département littérature de la bibliothèque de Beaubourg, de l'autre côté de la salle, je me trouvai en présence d'un bibliothécaire ascétique d'une cinquantaine d'années qui portait un pull-over sans manches sur une épaisse chemise de coton boutonnée jusqu'au col, et, lui ayant exposé l'objet de mes recherches et les difficultés que je rencontrais pour retrouver le texte de Musset que je cherchais, je lui demandai s'il croyait pouvoir être en mesure de m'aider. Il réfléchit longuement, un crayon noir à la main, qu'il mit dans sa bouche et commença à suçoter (était-ce bon signe, mauvais signe, le pire était à craindre). C'était bon signe. Non seulement il était prêt à m'aider, mais il était même disposé à ce que nous consultions ensemble le gros ordinateur central de la bibliothèque de Beaubourg, il profiterait de cette occasion un peu inhabituelle pour compléter la formation informatique de son assistante. Il m'expliqua en se levant que c'était là une démarche tout à fait exceptionnelle, évidemment, et qu'en principe le rôle des bibliothécaires du Centre n'était pas d'aider les lecteurs dans leurs recherches (non, non, bien sûr ! dis-je) – en se servant de l'informatique de Beaubourg, voulait-il dire – et, s'emparant d'une minuscule clé dans un tiroir, il alla ouvrir une armoire métallique, devant laquelle il s'agenouilla un instant, avant de se relever avec une disquette ultrafine à la main, qu'il secoua lentement devant mes yeux avec une expression enjôleuse de mystère mêlé de connivence. Musset, me dit-il à voix basse. Musset ? dis-je. Musset, confirma-t-il en baissant les paupières. Tout Musset, ajouta-t-il. Tout Musset ! m'écriai-je. J'en rajoutais un peu (comme si je n'avais jamais vu une disquette).

Mais je voulais lui faire un peu de frais, et il y parut sensible, d'ailleurs, tapotant modestement sa disquette ultrafine dans la paume de sa main. Quel enfant, vraiment. Nous gagnâmes l'ordinateur central de la bibliothèque de Beaubourg, et il introduisit immédiatement Musset dans la machine, qui se mit à ronronner. Sur ces entrefaites arriva son assistante, une dame un peu forte d'une soixantaine d'années, avec un pull marron et une jupe grise, qui portait une petite chaîne en or autour du cou et de grosses lunettes à double foyer. Elle s'assit devant l'ordinateur, mit bien sa jupe en place. Ç'avait pas l'air d'être une épée. Le bibliothécaire lui posa délicatement une main sur l'épaule pour superviser ce qu'elle faisait pendant qu'elle tapait les premiers codes sur le clavier. Bon, maintenant, vous pouvez introduire TIT, Georgette, dit-il. TIT ? dit-elle en relevant la tête vers lui. TIT, dit-il. Titien, me dit-il. Georgette introduisit TIT. La machine se mit à bruire. Georgette attendait, les mains parallèles devant le clavier. Il faut que j'introduise Musset, maintenant ? demanda-t-elle en relevant la tête. Non, non, Musset y est, dit le bibliothécaire, les deux mains frémissantes, Musset s'y trouve. Introduire Musset : il se tourna vers moi et leva les yeux au ciel. Il se pencha un instant sur l'écran, effaça du bout du doigt une petite crotte de mouche invisible qui le contrariait à la surface du verre. Tout allait bien, l'ordinateur continuait à ronronner, ou à faire du café, je ne sais pas, de temps en temps il gargouillait. Les bras croisés sur la poitrine, comme à la Nasa, sans perdre l'écran des yeux qui continuait d'afficher des données chiffrées, le bibliothécaire se pencha vers moi pour me dire à voix basse en aparté que nous n'allions pas tarder à pouvoir introduire Charlemagne. Charles Quint, dis-je. Charles Quint, dit-il en rougissant. Il laissa Georgette introduire toute seule l'empereur dans l'appareil, m'expliquant pendant ce temps qu'une fois que l'ordinateur aurait fait le relevé exhaustif de toutes nos occurrences dans les pages du corpus Musset, il pourrait nous donner leurs références, qu'il suffirait de tirer. Rien de plus simple. Page virtuelle, s'entend, me dit-il. Bien sûr, dis-je, vous me prenez pour une bille. Quelques instants plus tard, en effet, l'imprimante sortait lentement cinq feuillets, dont il alla prendre connaissance en chaussant ses lunettes. Ayant parcouru attentivement les cinq feuillets du regard, il me les tendit gravement au fur et à mesure, afin que je puisse juger moi-même. Je pris le premier feuillet et lus : Aide suiv. prec. revoir increment voir num ooter tout garder Zoom Av zoom Ar Archives fin Tri 1.

Ensuite, pour les amateurs de chiffres, venaient les exemples concrets (ex. 1. Selec. Ex. disponibles 1. 2. pour Titien, et 1.2.3.4. pour Charles Quint), qui, ainsi formulés, me permirent d'y voir plus clair. En résumé, à en croire l'ordinateur central de la bibliothèque de Beaubourg, Musset, dans l'ensemble de son œuvre, avait employé deux fois le mot Titien, la première dans un article du journal *Le Temps* de 1831, et la deuxième fois dans *la Confession d'un enfant du siècle* (« J'ai vu le Saint Thomas du Titien poser son doigt sur la plaie du Christ et j'ai souvent pensé à lui »), et quatre fois Charles Quint, la première fois dans un article du journal *Le Temps* de 1831, et les trois autres fois dans *Lorenzaccio*, Acte I Scène III, Acte IV Scène IV, et Acte V Scène VIII. Penchés l'un et l'autre sur les cinq feuillets, le bibliothécaire et moi, bientôt rejoints par Georgette, qui n'en revenait pas d'être à l'origine de toutes ces recherches épatantes, aussi fructueuses qu'érudites, nous arrivâmes à la conclusion, par simple recoupement des deux listes fournies par l'ordinateur, que le texte auquel Babelon avait fait allusion devait être cet article du journal *Le Temps* de 1831. Nous touchions au but. Le bibliothécaire, les mains toujours aussi frémissantes, alla ouvrir un classeur à couverture plastifiée, dans lequel était établi, œuvre par œuvre, le relevé intégral du corpus des œuvres de Musset, et laissa son doigt courir lentement de haut en bas sur la liste. Voilà, dit-il, Articles du journal *Le Temps*, In Œuvres complètes, tome 9, pages 109-110, Paris-Garnier 1908. 1908, purée, dit-il, malheureusement, je ne crois pas que nous ayons cette collection. Il mit son crayon noir dans sa bouche et se mit à réfléchir. Les microfilms, dit-il. Ah, oui, les microfilms, concéda Georgette (des microfilms, maintenant, quelle journée exaltante ! pensa-t-elle).

Assis devant l'écran grisâtre d'un lecteur de microfilms de la bibliothèque de Beaubourg, je faisais défiler lentement devant moi la collection du journal *Le Temps* de 1831, m'arrêtant ici ou là pour regarder un titre, lire un fragment d'article de l'époque, prendre connaissance des derniers résultats sportifs. Je n'avais pas les références exactes de l'article que je cherchais, et je crus bien que je ne le trouverais jamais quand, au hasard du ruban lumineux que je faisais défiler devant moi sur l'écran, je tombai enfin sur un premier article de Musset de la série de la Revue fantastique, qui me confirma que j'étais au moins sur la bonne voie. Après quelques nouveaux errements sur le lecteur de microfilms, tournant lentement la manivelle qui faisait défiler cahoteusement le film en avant et en arrière (l'appareil était une antiquité, qui avait dû être conçu peu de temps avant l'apparition des premiers microfilms), je tombai enfin sur le texte que je cherchais, que je parcourus rapidement du regard après avoir réglé la luminosité de l'écran et fait le point manuellement à l'aide de la touche « focus ». Il s'agissait bien de l'article du *Temps* de 1831 où apparaissaient simultanément, à quelques lignes d'intervalle, les noms de Titien et de Charles Quint, mais à aucun moment il n'était fait allusion à l'anecdote du pinceau que Charles Quint aurait ramassé dans l'atelier de Titien. Pensif, un peu dépité, je délivrai le microfilm du lecteur en desserrant les plaquettes de guidage, et j'allai rapporter le boîtier au bibliothècaire en lui expliquant que j'avais trouvé le texte (j'en étais sûr, dit-il), mais que ce n'était pas le texte que je cherchais. Très sceptique, le bibliothécaire me dit que, dans ce cas, comme mon texte ne se trouvait pas dans le corpus des œuvres complètes de Musset, il devait sans doute s'agir de quelque rareté non répertoriée, d'un inédit, de quelque curiosité bibliophilique. Oui, sans doute, dis-je, et, le remerciant, je revins tristement sur mes pas dans la bibliothèque. Un peu partout, autour de moi, des gens lisaient entre les rayonnages, consultaient un livre qu'ils venaient de prendre sur une étagère et dont ils tournaient les pages posément. Certains d'entre eux s'étaient assis par terre sur la moquette pour lire plus à leur aise, un vêtement en boule à côté d'eux, ou un minuscule sac à dos harnaché sur le dos, d'autres avaient pris place sur les conduites de chauffage et lisaient distraitement une bande dessinée, un anorak sur leurs genoux, à côté de quelque clodo en pardessus pied-de-poule, qui avait dû en avoir marre des colloques tenus par ses pairs au rez-de-chaussée. Je m'étais engagé entre les rayonnages et j'avançais lentement entre deux

86

allées de livres. Parfois, il m'arrivait de prendre un ouvrage dans les rayons, que je feuilletais un instant au hasard avant de le remettre en place. Devant les œuvres de Musset, que j'avais fini par trouver dans l'allée consacrée à la littérature française du dix-neuvième siècle, j'inclinai la tête par curiosité pour lire les différents titres sur les tranches des couvertures, et je sortis des rayons le dernier tome de l'édition de la Pléiade. Je le feuilletai un instant debout dans la rangée, et, me reportant à la fin de l'ouvrage pour jeter un coup d'œil sur la table des matières, je tombai sur le texte que je cherchais, une nouvelle de Musset appelée *Le Fils du Titien*.

Assis sur la pelouse du parc de Halensee, je venais de terminer pour la deuxième fois en quelques jours la lecture de la nouvelle de Musset *Le Fils du Titien* dans l'édition de la Pléiade, succulente édition avec tout son appareil critique de notes précieuses et délicieuses à ronger lentement comme des petits os de lapin. Au fur et à mesure de ma lecture, ne ratant pas une note, je me reportais en fin de volume pour prendre connaissance de son contenu, et ce n'est qu'à la fin de cette lecture que, toujours assis là en tailleur sur la pelouse du parc de Halensee, je me rendis compte, en posant délicatement la main sur mon épaule, que j'avais attrapé un coup de soleil. Pour le reste, sur l'épineuse petite question du nom qu'il convenait de donner à Titien, il me semblait que les auteurs de l'édition de la Pléiade n'avaient pas véritablement tranché et avaient adopté dans leurs notes une solution médiane, et plutôt timorée, qui consistait à ne pas désavouer Musset dans une édition consacrée à ses œuvres, en choisissant, d'une manière générale, quand ils ne l'appelaient pas Tiziano Vecellio (page 1129, note 7), d'appeler Titien le Titien. Mais Musset n'était manifestement pas fiable, ne cessais-je de me dire. Même à Léonard de Vinci, il lui donnait du le ! Le Vinci ! peut-on lire, page 449 de la nouvelle (tout nu dans l'herbe, je bouillonnais de rage contre Musset).

Je refermai mon livre posément, que je posai à côté de moi sur la pelouse, et je m'étendis sur le dos en fermant les yeux. Je ne bougeais plus, et je me demandais si je n'étais pas en train d'essayer de me dérober à mon travail, en fin de compte, en demeurant ainsi étendu tout nu sur la pelouse, les pieds dans l'herbe que venaient chatouiller de minuscules brins d'herbe qu'une brise légère couchait parfois le long de mes orteils. En même temps, n'était-ce pas précisément cela travailler, me disais-je, cette lente et progressive ouverture de l'esprit et cette totale disponibilité des sens qui me gagnait peu à peu ? Et, si non, n'était-ce pas au moins aussi gratifiant ? On sait que Michel Ange regardait longuement les immenses blocs de marbre qu'il avait fait extraire des carrières de Carrare, comme si les œuvres à venir préexistaient déjà enfermées dans la matière brute des masses de marbre qu'il avait sous les yeux, et que sa tâche ne consistait qu'à les délivrer en douceur de l'enveloppe rigide qui les tenait prisonnières, d'écarter simplement au ciseau ce qui venait distraire la pureté de leurs formes éternelles. J'étais toujours couché sur le dos, une main sur la cuisse, l'autre reposant librement à côté de moi dans l'herbe, et je continuais de rêvasser ainsi aristotéliciennement à mon étude.

J'ai toujours remarquablement bien travaillé mentalement, il est vrai, me laissant peu à peu imprégner par le livre que je projetais d'écrire en suivant simplement le fil de mes pensées, tandis que, sans que j'agisse le moins du monde pour en perturber le cours, affluaient tout doucement dans mon esprit une multitude d'impressions et de rêveries, de structures et d'idées, souvent inachevées, éparses, inaccomplies, en gestation ou déjà abouties, d'intuitions et de bribes, de douleurs et d'émois, auxquels il ne me restait plus qu'à donner leur forme définitive.

Et, toujours étendu là tranquillement dans l'herbe du parc de Halensee, je songeais que, finalement, dans la perspective même d'écrire, ne pas écrire est au moins aussi important qu'écrire. Mais qu'il ne fallait peut-être pas en abuser (tel serait en effet le seul petit danger qui pourrait me guetter ces temps-ci).

Dans *Le Fils du Titien*, Musset, qui situe l'action de sa nouvelle à Venise quelques années après la mort de Titien, imagine qu'un des fils de Titien, Pomponio (en vérité, Titien avait eu deux fils, Orazio, qui fut peintre comme son père, et le vrai Pomponio, un incapable, un ecclésiastique, Babelon n'a pas de mots assez durs contre lui), peignit dans sa vie un tableau, un seul, un portrait de sa maîtresse Béatrice, et que, ce portrait achevé, ayant prouvé au monde ce qu'il savait faire et chacun ayant reconnu en ce tableau un authentique chef-d'œuvre, il s'en tint là et cessa définitivement de peindre. Musset imagine donc que Pomponio, s'étant mis au travail, et ayant commencé le portrait de sa maîtresse après avoir fait porter dans sa chambre un chevalet ayant appartenu à son père, laisse tomber par hasard son pinceau sur le sol, et que sa maîtresse, abandonnant un instant la pose de Vénus couronnée qu'elle prenait pour le tableau, se précipite pour ramasser le pinceau et le rend à son amant en évoquant le geste supposé que Charles Quint aurait eu à l'égard de son père. Pomponio, alors, ému à l'évocation de ce souvenir, va ouvrir une armoire et sort le fameux pinceau ramassé par Charles Quint, que son père aurait conservé comme une relique précieuse, et commence à évoquer les circonstances de la scène mythique dont il aurait été le témoin quand il était jeune homme. La scène, d'après lui, se serait passée en 1530 à Bologne pendant une entrevue qu'aurait eue Charles Quint avec le pape Paul III (ce qui est historiquement douteux, d'ailleurs, ne serait-ce que parce que Paul III n'est devenu pape que quatre ans plus tard ; les auteurs de l'édition de la Pléiade suggèrent plutôt à ce propos que, si l'épisode du pinceau n'est pas une légende, la scène se serait passée à Augsbourg quelque vingt ans plus tard, quand Titien, déjà vieux, était devenu le peintre officiel de la cour). A Bologne, donc, selon le récit de Pomponio, Titien, qui était en train de peindre un très grand tableau tout en haut d'une échelle, fut surpris en plein travail par l'entrée à l'improviste de l'empereur, et, redescendant de l'échelle aussi vite que possible, confus de la lenteur et de la maladresse dont il faisait preuve en raison de son grand âge, il aurait heurté la rampe et aurait fait tomber le pinceau. Charles Quint, alors, écrit Musset, « fit quelques pas en avant, se courba lentement et ramassa le pinceau ».

L'idée maîtresse de mon étude était de montrer que ce qu'il y avait d'extraordinaire dans l'anecdote du pinceau n'était pas tant, finalement, que l'empereur se soit baissé pour ramasser le pinceau, mais que Titien ait laissé tomber son pinceau en présence de l'empereur. On voit bien avec quels raffinements, d'ailleurs, Musset, dans sa nouvelle, tente d'enrober de circonstances plausibles, et quasiment d'excuses, l'insolence et l'outrage, la lèse-majesté, que le geste pouvait représenter pour un artiste de la Renaissance, de laisser ainsi tomber l'instrument de son art en présence de son plus puissant commanditaire – et avec quel éclat un tel geste pouvait signifier que l'artiste, dès lors, et pour la première fois dans l'histoire de l'art, refusait d'être traité comme un simple fournisseur à qui l'on passait commande, et chez qui l'on pouvait se permettre de passer à l'improviste, s'autorisant même parfois, au gré de ses caprices et de sa propre fantaisie, de lui imposer ici ou là telle ou telle correction, mais comme un homme libre qui, par son geste, déclarait implicitement au plus grand souverain de son temps que sa visite était inopportune, tout impériale qu'elle soit, et qu'il n'était plus question, maintenant qu'il avait été dérangé dans son travail, qu'il se remette à peindre avant que l'empereur ne se soit retiré. L'eût-il voulu, d'ailleurs, qu'il en eût été bien incapable, n'ayant plus, l'empereur le voyait bien, de pinceau à la main. Et comment peindre, en effet, sans pinceau ? A l'époque, bien entendu. La nouvelle de Musset est d'ailleurs tout à fait révélatrice à cet égard, car, si, pour introduire le récit de l'anecdote du pinceau, Musset se contente de dire très simplement que Pomponio fit tomber son pinceau par hasard et semble s'accommoder fort bien de ce simple hasard, c'est en revanche avec un luxe suspect de justifications inutiles qu'il s'efforce de rendre plausible le fait que Titien ait pu laisser tomber son pinceau en présence de l'empereur, noyant ainsi le soufre d'un soupçon éventuel sous une pléthore de vraisemblances, et en en appelant pêle-mêle, pour expliquer la chute du pinceau, au grand âge de Titien, à la surprise qui fut la sienne en voyant entrer l'empereur, et au fait qu'il avait dû prendre appui contre la rampe pour redescendre de l'échelle sur laquelle il se trouvait – toutes choses qui devaient nécessairement aboutir à la chute du pinceau ? J'en doute.

Les choses, en vérité, s'étaient passées tout autrement. Titien, en 1550, qui se trouvait de nouveau à Augsbourg depuis le mois de novembre, avait retrouvé la pièce dans laquelle il avait l'habitude de travailler lors de ses séjours à la cour, une sorte de vaste galerie froide et très haute de plafond, dans laquelle se pressaient ses assistants qui lui préparaient ses couleurs et broyaient ses pigments, mélangeaient des liqueurs, composaient des mixtures. Un feu brûlait dans la cheminée, et dans l'air flottaient des effluves d'essences, de vernis et de colle. Certains de ses tableaux avaient été accrochés aux cimaises, d'autres reposaient à l'envers contre le mur, qu'il avait à son habitude esquissés à gros traits sur un frottis de terre rouge ou sur la couche de céruse qui lui servait de fond, avant de les retourner contre le mur et de les laisser reposer parfois plusieurs semaines avant de les reprendre au hasard de ses déambulations dans la pièce. Debout, maintenant, vêtu d'un simple vêtement noir sombre et chaud, duquel dépassait une collerette de lingerie crénelée, il se tenait en face de sa toile, raide et le regard intense, presque méchant, un pinceau en l'air dans la main droite, et sa palette dans l'autre main, sous laquelle jaillissait encore un bouquet de quatre pinceaux en éventail entre ses doigts. La tête relevée, presque inclinée, immobile, et le pinceau en l'air, il regardait intensément le détail d'une étoffe devant lui pour en pénétrer du regard la texture et la matière, quand apparurent au loin dans son champ de vision les hallebardiers de la garde de l'empereur qui s'avançaient bruyamment dans le couloir dallé de marbre qui s'ouvrait dans le prolongement de la porte qui lui faisait face. Sans bouger le moins du monde, ni les yeux, ni le cou, il acheva l'observation du détail de l'étoffe qu'il était en train d'examiner, et, contre toute attente, sans s'interrompre pour s'incliner devant l'empereur qui venait d'entrer dans la pièce, il déplaça les yeux vers la partie de son tableau où était peinte la même étoffe précieuse, pâle et pailletée, que celle qu'il venait d'observer à l'instant, et il était à présent sur le point de poser la petite touche de blanc qu'il envisageait d'ajouter pour rehausser le bouffant du vêtement d'un éclat de clarté. Il hésitait cependant, le geste imaginé par son regard semblait ne pas parvenir à atteindre son bras pour lui impulser la souplesse nécessaire à son exécution, distrait et agacé qu'il était par la présence de l'empereur dans la pièce, qui, sans un mot,

continuait d'avancer lentement vers lui les
mains derrière le dos, de sorte que l'empereur
ne se trouvait plus qu'à quelques mètres de lui
maintenant, et que, en enrobant très légèrement
sa trajectoire pour contourner le chevalet, il
n'allait pas tarder à voir pour la première fois
le grand tableau auquel Titien était en train de
travailler. Et, c'est précisément au moment où,
commençant à contourner le chevalet, l'empereur s'avançait pour jeter son premier regard
sur ce nouveau tableau de Titien, déjà très
avancé mais pas encore achevé, que Titien, se
ravisant, et voulant changer de pinceau pour
ajouter plutôt un éclat doré qu'une touche de
blanc, laissa échapper un pinceau de sa main,
qui glissa entre ses doigts et tomba par terre aux
pieds de l'empereur. Les deux hommes, avant
même d'avoir pu se saluer et se faire les révé-
rences d'usage, se regardèrent un instant intensément. Le pinceau était par terre à leurs pieds,
dont la fine flamme de poils resserrée portait
encore à son extrémité une infime pointe d'or.
Le pinceau, incliné, la pointe mouillée d'huile
où brillait la couleur, demeurait là sur le marbre, et personne ne bougeait plus dans la pièce.
Dans les muscles du dos et l'épaule de Titien,

dans les muscles de son bras, le mouvement déjà se préparait pour se baisser et ramasser le pinceau, mais déjà Charles Quint l'avait précédé, qui s'était incliné pour ramasser le pinceau et le lui rendre, reconnaissant là implicitement la préséance de l'art sur le pouvoir politique. Là, je prends peut-être mes désirs pour la réalité. Ce fut tout, la scène entière n'avait pas duré dix secondes depuis que Charles Quint était entré dans la pièce, j'avais eu l'occasion de la chronométrer un jour avec précision avec mon fils dans notre appartement de Berlin. Je faisais l'empereur et mon fils faisait Titien. Il était debout en face de moi dans le salon, pieds nus et en petit pyjama rouge, la mine sérieuse et appliquée, son rôle n'était pas très difficile à tenir, il n'avait qu'à faire tomber un des quatre feutres de couleur qu'il avait à la main quand je l'engageais à y aller. Vas-y, lui disais-je, et il lâchait son feutre sur le sol. Alors je m'inclinais lentement, je ramassais le pinceau et je le lui rendais avec solennité. Alstublieft, lui disais-je (l'empereur était de Gand, ne l'oublions pas). Merci, disait mon fils (il le disait très simplement ; les grands de ce monde sont des gens comme nous, vous savez).

Je finis par ouvrir un œil, toujours allongé sur le dos sur la pelouse du parc de Halensee, et, comme il arrive souvent lorsque on a gardé trop longtemps les yeux fermés sous la lumière du soleil, toutes les couleurs de la nature, le vert de la pelouse et le bleu très dense du ciel me parurent alors remarquablement nets et brillants, comme lavés à grande eau sous l'éclat métallique d'une averse damasquinée. Cela faisait plus de deux heures maintenant que je me trouvais là dans le parc de Halensee, et j'avais le sentiment que le moment n'allait pas tarder où je pourrais rentrer chez moi pour me mettre à écrire. On aurait tort de croire que ces moments de paisible mise en condition à l'écriture sont sans importance pour le travail lui-même. Il semblerait même que, dans ces moments de grande vulnérabilité où le corps et l'esprit se disposent à écrire, nos sens aux aguets développent une acuité particulière pour repérer toutes sortes de dangers dans le monde alentour, dan-

gers réels ou supposés, souvent minuscules, parfois familiers, issus tout aussi bien de circonstances fâcheuses imprévisibles, comme l'arrivée
à l'improviste de Charles Quint, que de tuiles
moins improbables, mais qui, du fait de la
grande fragilité émotive et nerveuse dans
laquelle nous nous trouvons à ce moment-là,
nous paraissent n'être surgis à l'horizon qu'à
seule fin de mettre notre travail en péril, quand
ce n'est pas la possibilité même de nous mettre
à écrire qu'ils nous paraissent menacer. Mais,
une fois que l'on est parvenu à atteindre la tranquillité d'esprit nécessaire, que ce soit par un
effort particulier de la volonté, ou que les choses
se soient mises en place presque naturellement
à la faveur du sommeil ou de quelque promenade, il s'agit alors, toutes forces tendues vers
ce dessein unique, de regagner son bureau sans
plus tarder pour se mettre au travail, de la même
manière sans doute que, si l'on vient d'attraper
un papillon vivant entre ses mains, il faut le
ramener chez soi en toute hâte, car, tant qu'il
restera vivant, il peut à tout instant, et pour un
rien, nous fuir et disparaître à jamais dans la
nature. Il faut courir, alors, en conservant cet
éphémère trésor dans la conque refermée de ses

mains, sentant ses ailes vivantes et légères palpiter comme de l'inspiration sous nos paumes recourbées.

De retour à la maison, toujours très concentré, l'esprit tendu vers le travail à venir, soucieux de ne pas me laisser distraire avant d'avoir rejoint ma table de travail, j'ôtai ma veste dans le couloir et me rendis aussitôt dans mon bureau. Je m'assis à ma table de travail et mis mon ordinateur sous tension. Dèja un début de phrase m'était venu en chemin en revenant du parc. Je me répétai la phrase mentalement, mes doigts s'apprêtaient à la taper sur le clavier. « Quand Musset, abordant dans sa nouvelle... » Non, cela n'allait pas, « abordant » n'allait pas. Je levai la tête et regardai le plafond. « Évoquant », peut-être ? Non, « évoquant » n'allait pas non plus. « Quand », par contre, me semblait assez bon. « Quand » était irréprochable, je trouvais. Et « Musset » c'était Musset, je pouvais difficilement l'améliorer. Quand Musset, dis-je à voix basse. Oui, ce n'était pas mal. Je me relevai, fis quelques pas dans mon bureau, ouvris la porte du balcon et me rendis pensivement sur la terrasse. Quand Musset, répétai-je à voix basse. Non, rien à dire, c'était un bon début. Je le dis un peu plus fort. Quand Musset. Je m'accoudai à la balustrade du balcon et le gueulai un petit coup : Quand Musset ! Quand Musset ! répétais-je au balcon. Quand Musset ! Silence ! entendis-je soudain, silence, s'il vous plaît ! Cela venait d'en bas. Je me penchai au balcon. Oh, pardon, dis-je, la tête penchée dans le vide au-dessus du balcon. C'était le propriétaire de l'immeuble, un vieux monsieur qui était en train de lire dans le jardin sur une chaise pliante. Il avait posé son livre sur ses genoux, et il me regardait, la tête levée, très surpris, comme si quelque chose lui échappait. Je soulevai mon chapeau poliment pour le saluer, je ne sais pas si j'avais encore mon chapeau sur la tête à ce moment-là (sans chapeau, mon geste ne devait être que plus surprenant). Au même instant, de toute façon, le téléphone se mit à sonner dans l'appartement, et je dus interrompre mon travail.

Delon (comme c'était bon d'entendre la voix réconfortante de Delon tout près de moi dans l'écouteur), sans même me demander de nouvelles de mon travail, me dit immédiatement qu'elle se sentait merveilleusement bien aujourd'hui, et que, pour la première fois, ce matin, elle avait senti la petite bouger dans son ventre. Quand elle allait nager, me disait-elle, la petite nageait parallèlement, elle sentait le corps de la petite bouger dans son ventre, la petite devait sentir elle aussi qu'elle était dans l'eau et elle se mettait à nager dans son ventre. Elle se tut, et je les imaginais nager toutes les deux dans une mer immobile, très bleue et transparente, l'une au-dessus de l'autre, l'une dans l'autre, les deux amours, la plus grande lente et détendue qui allongeait souplement les bras et les jambes dans l'eau claire, souriante, heureuse, avec son rire qui ne s'arrêtait pas quand il venait à démarrer dans l'eau, son rire qui lui faisait perdre peu à peu toutes ses forces et lui donnait en même temps envie de faire pipi dans l'eau, la faisant battre désespérément des mains autour d'elle la tête renversée en arrière pour éviter de couler à pic, son rire dans l'eau que j'aimais tant, et l'autre, la petite, pas encore née, pas même encore mon bébé, toute petite et au chaud, re-croquevillée dans le liquide amniotique, en suspension dans le ventre chaud de sa mère qui se mouvait en toute liberté dans l'eau tiède. Trois fois, déjà, ce matin, me disait Delon, elle avait senti la petite bouger dans son ventre, jamais elle ne s'était sentie aussi bien depuis le début de sa grossesse. Il y a quelques heures, elle avait même plongé pour aller prendre des oursins. Et, assis au téléphone dans le salon de l'appartement de Berlin, je voyais très bien ma Delon plonger ce matin dans l'eau claire pour aller prendre des oursins, ce matin-là ou un autre, peu importe, plusieurs Delon se superposaient maintenant dans mon esprit, qui plongeaient déjà toutes gaiement dans les limbes colorées de ma mémoire à la recherche d'oursins frais, son masque bleu sur le visage qui lui compressait un peu les pommettes, nageant lentement à l'horizontale dans l'eau claire, prenant son temps, la tête enfouie jusqu'à mi-eau pour observer la végétation sous-marine alentour. Inspectant ainsi calmement le fond de la mer derrière le hublot transparent de son masque, une fourchette tordue à la main et un gros sac en osier dont elle s'était enroulé la lanière de cuir autour du bras, elle nageait quasiment sur place dans la petite crique déserte en faisant battre ses longues palmes noires derrière elle dans un frémissement d'écume imperceptible, et, ayant sans doute repéré la masse sombre d'un oursin au fond de l'eau, elle se faisait soudain basculer entièrement à la verticale, disparaissant un instant complètement dans la mer, ses jambes s'enfouissant en dernier dans les ondes avec la légère et progressive élégance d'une naïade, avant de réapparaître à la surface quelques instants plus tard, tout essoufflée et les cheveux devant les yeux, quelques algues sur la tête et un oursin planté dans la fourchette, qu'elle examinait un instant avec perplexité dans le creux de sa main, avant de le poser dans son panier, les cheveux lui tombant en deux longues mèches mouillées sur le masque, et de replonger ainsi sans trêve jusqu'à ce que le sac fût entièrement plein, gonflé d'eau et lourd de plusieurs dizaines de ces beaux et gros oursins tout hérissés de piquants mobiles qui luisaient au soleil de reflets noirs et mauves. Puis, se passant une simple chemise de coton blanc sur le maillot mouillé, c'est encore toute dégoulinante qu'elle rentrait à la maison (elle faisait une petite pause au figuier, quand même, sur le bord de la route, étape obligée au retour de la crique, dont elle examinait longuement les branches dénudées avant de se hisser un instant sur la pointe des pieds pour cueillir une ou deux figues, qu'elle ouvrait en chemin et mangeait en continuant de musarder, son plein panier d'oursins dissimulé par une serviette de plage). De retour à la maison, assise sur une chaise métallique à l'ombre des grands arbres du jardin, elle se mettait à ouvrir les oursins avec de gros ciseaux orange, plantant l'extrémité de la lame dans le corps de l'oursin, et suivant ensuite lentement toute sa circonférence pour l'ouvrir en deux, une bassine en plastique entre les jambes dans laquelle elle jetait les déchets en retournant sa main d'un geste aussi rapide qu'énergique, vidant bien la coquille pour ne garder, dans l'écrin convoité de l'oursin, que les merveilleuses lamelles orange comestibles qui se répartissaient en autant de rameaux de corail au fond de la coquille pour former le dessin harmonieux d'une étoile de plus ou moins grande taille, géante orange ou naine rouge. Le travail accompli (le plateau d'oursins fraîchement composé à présent sur la table, recouvert d'un torchon de cuisine à carreaux rouge et blanc pour le préserver des mouches et des abeilles), ma Delon allait se doucher au tuyau d'arrosage, debout dans l'angle du jardin contre les deux grandes bouteilles de gaz jumelles qui alimentaient la maison, la tête rejetée en arrière et se lissant lentement les cheveux sous le jet. Moi, dis-je – mais je n'eus pas le courage de venir l'importuner maintenant avec les difficultés que je rencontrais dans mon travail (moi, ça ne va pas du tout, dis-je, j'ai attrapé un coup de soleil).

A Berlin, dit-elle, un coup de soleil à Berlin ! et elle se mit à rire. Je commençai à lui expliquer, tandis qu'elle riait toujours (un coup de soleil à Berlin, répétait-elle, elle me trouvait impayable), que j'avais fini par sortir prendre l'air ce matin parce que je n'arrivais pas à travailler. Encore que, là, justement, juste avant son coup de téléphone, lui expliquais-je, je venais d'écrire – je réfléchis, calculai rapidement – une demi-page, enfin, presque une demi-page (Quand Musset). Un coup de soleil où ça ? dit-elle. Elle avait le fou rire. Sur le crâne ? Dans le haut du dos, dis-je. Et, sans m'attarder davantage, je lui demandai des nouvelles des enfants. Et le petit, ça va, dis-je, pas trop jaloux de la petite ? Car elle n'était pas encore née qu'il n'y en avait déjà plus que pour la petite, maintenant, j'avais remarqué (même mon travail sem-

107

blait passer au second plan). Non, non, il est adorable, dit-elle, il est tout bronzé, si tu vois. Tu veux que j'aille le chercher ? dit-elle, et elle disparut sans me laisser le temps de répondre. Allô, papa, dit mon fils, ça va ? Oui, ça va, mon gars, dis-je. Ainsi commençaient rituellement mes conversations téléphoniques avec Babelon (depuis deux ou trois semaines, j'appelais mon fils Babelon, je ne sais pas pourquoi).

Assis dans le salon de l'appartement de Berlin, les pieds en appui sur le meuble bas du téléphone, j'étais en train de me balancer légèrement en arrière dans mon fauteuil de metteur en scène et j'expliquais à Babelon qui me demandait pourquoi je ne venais pas les rejoindre en Italie que je devais travailler, que j'écrivais un livre. Et il va s'appeler comment, ton livre ? me dit-il. Je lui dis que je ne savais pas encore, ne voulant pas prendre le risque de dévoiler la seule chose qui me paraissait pour l'instant solidement établie dans ce travail, à savoir son titre. Tu l'appellerais comment, toi ? lui demandai-je. Mimosa, me dit-il. Il le dit sans hésiter, et j'en restai pantois (peut-être y songeait-il le soir dans son petit lit pour ne pas être pris au dépourvu au cas où je viendrais à lui poser la question). Tu m'achètes un Ninjet, dit-il. Pardon ? dis-je. Tu m'achètes un Ninjet, dit-il. Un Ninjet, comment, dis-je, qu'on peut accrocher sur le dos du Power Rangers ? (Moi, le seiziémiste). Un Ninjet orange avec deux disques, qui tirent et qui tuent, dit-il. Oui, dis-je, on verra, repasse-moi maman, s'il te plaît. Et, pendant que mon fils était parti chercher Delon dans le jardin en courant vraisemblablement dans les pièces comme un petit dératé qu'il était, et que j'attendais dans le salon en regardant pensivement mes pieds nus sur le meuble du téléphone, je me demandais si je devais, ou non, annoncer à Delon que j'avais arrêté de regarder la télévision, au risque de lui annoncer prématurément une résolution à laquelle je n'étais pas encore sûr de pouvoir me tenir.

Les stores vénitiens étaient relevés derrière moi dans le salon, et le soleil entrait largement dans la pièce. Sur le parquet, une grande flaque de clarté s'étendait obliquement devant moi, brillante et qui semblait vivre. Ses contours, indécis, se modifiaient lentement au gré d'une brise légère qui devait souffler dehors et qui étendait ou réduisait imperceptiblement ses frontières imaginaires comme sous l'effet des balancements paresseux d'un éventail d'ombres et de lumière. Attendant que Delon revienne au téléphone, je regardais ce parquet lisse et bien ciré en face de moi, et je me mis à songer avec mélancolie aux nombreuses fois où j'avais joué au hockey sur glace en chaussettes sur cette surface avec mon fils, il fallait voir les boulettes qu'il m'envoyait, Babelon, avec la petite crosse de hockey que je lui avais achetée, la soulevant jusqu'à l'épaule pour armer son tir et propulser de toutes ses forces dans les airs le petit cube de Légo léger dont nous nous servions comme palet, tandis que, les genoux fléchis, je me tenais un peu gauchement dans les buts (une petite table en bois noir laqué qu'on aurait dit spécialement conçue à cet effet), ou, au contraire, quand lui-même, coiffé d'un casque de moto intégral et muni de gants de boxe qu'il avait reçus pour son anniversaire, il défendait ses buts contre mes assauts zigzagants de Tchèque improvisé, quand, en pantalon de flanelle et en chaussettes grises, je patinais librement dans le salon de notre appartement, protégeant la rondelle sous ma crosse, les yeux à l'affût de la moindre ouverture dans la défense adverse, avant de slalomer soudain devant le gardien pour le dribbler et glisser le palet au fond de sa cage d'un dernier revers imparable de la crosse, en évitant l'ultime assaut de tout le corps de ce petit garçon de quatre ans et demi qui se jetait dans mes jambes avec la fougue généreuse dont sa mère faisait généralement preuve pour se jeter dans mes bras. Quelle famille (parfois, on allait même chercher Delon dans la chambre pour lui remontrer le dernier but au ralenti, remimant lentement toute l'action depuis le début en d'interminables mouvements alanguis et éthérés de nos corps et de nos crosses).

Lorsque Delon, finalement, revint au téléphone, je lui annonçai à voix basse que j'avais arrêté de regarder la télévision. J'attendis calmement sa première réaction, d'estime ou de surprise, j'avais mis quelque solennité dans la voix pour le lui dire, et je ne savais pas très bien si elle allait me féliciter d'emblée, en trouvant quelque mot gentil pour saluer mon initiative, en soulignant ma lucidité, par exemple, ou mon courage (encore que Delon ne parlait pas telle-

ment comme ça, comme les hommes politiques),
ou si, simplement surprise, elle me demanderait
quelques explications complémentaires (que
j'aurais été assez réticent à lui donner, d'ailleurs). Oui, nous non plus on ne la regarde pas
tellement, ici, me dit-elle.

C'est cet après-midi-là, pour la première fois,
que j'ai ressenti un manque, la première mani-
festation de la privation. J'avais arrêté de regarder la télévision la veille à peu près à la même
heure après la fin de l'étape du Tour de France,
et ce n'est que maintenant, comme j'allais
m'asseoir dans le canapé du salon après le coup
de téléphone de Delon, que j'avais ressenti un
manque, une sorte d'état de douleur impalpable
et diffuse, qui vint me tourmenter encore plusieurs fois dans la journée chaque fois que je
restais un moment dans le salon en face du téléviseur éteint. Il se manifestait en général par
bouffées courtes et violentes, qui m'assaillaient
à l'improviste et me laissaient un instant sans

112

réaction, encore que, dans l'instant même où j'en subissais les élancements, je pouvais très bien les supporter. Car l'essence douloureuse du manque ne réside pas dans la souffrance présente – le manque est indolore à l'échelle de l'instant –, mais dans la perspective de la souffrance, dans la richesse de l'avenir qu'on peut lui imaginer. Ce qui est insupportable, alors, dans le manque, c'est la durée, c'est l'horizon vide qu'il laisse ouvert devant soi, c'est de savoir qu'il demeurera aussi loin que l'on puisse imaginer. Quoi que l'on fasse, on est désormais confronté en permanence à un adversaire sur lequel nous n'avons aucune prise, car le manque, par nature, se dérobe au combat et le diffère à l'infini, nous empêchant à jamais de nous délivrer des tensions que nous accumulons en pure perte pour le vaincre.

Assis dans le canapé du salon devant le téléviseur éteint, je regardais l'écran en face de moi, et je me demandais ce qu'il pouvait y avoir à la télévision maintenant. Une des caractéristiques de la télévision, en effet, quand on ne la regarde pas, est de nous faire croire que quelque chose pourrait se passer si on l'allumait, que quelque chose pourrait arriver de plus fort et de plus inattendu que ce qui nous arrive d'ordinaire dans la vie. Mais cette attente est vaine et perpétuellement déçue évidemment, car il ne se passe jamais rien à la télévision, et le moindre événement de notre vie personnelle nous touche toujours davantage que tous les événements catastrophiques ou heureux dont on peut être témoin à la télévision. Jamais le moindre échange ne s'opère entre notre esprit et les images de la télévision, la moindre projection de nous-mêmes vers le monde qu'elle propose, ce qui fait que, sans le concours de notre cœur, privées de notre sensibilité et de notre réflexion, les images de la télévision ne renvoient jamais à aucun rêve, ni à aucune horreur, à aucun cauchemar, ni à aucun bonheur, ne suscitent aucun élan, ni aucune envolée, et se contentent, en favorisant notre somnolence et en flattant nos graisses, à nous tranquilliser.

Il était prêt de cinq heures de l'après-midi (je venais de regarder l'heure distraitement), et je songeais qu'il était trop tard pour essayer de me remettre au travail maintenant. Assis dans le canapé du salon, je me remis alors à songer distraitement au petit problème qui m'occupait l'esprit par intermittence depuis bientôt trois semaines, à savoir le nom qu'il convenait de donner à Titien dans mon étude, et j'essayais de me consoler de ne pas encore avoir arrêté de choix définitif en pensant que, paradoxalement, c'est plutôt si je m'étais mis à écrire tout de suite, sans me poser vraiment à fond la question du choix du nom, qu'on aurait pu me soupçonner de vouloir me dérober à l'effort pour me la couler douce à Berlin cet été, et qu'il y avait plutôt lieu de se réjouir, dans le fond, que, depuis bientôt trois semaines, par scrupules exagérés et souci d'exigence perfectionniste, je m'étais ainsi contenté de me disposer en permanence à écrire, sans jamais céder à la paresse de m'y mettre.

Je me penchai vers la table basse pour reprendre mon journal (j'avais assez travaillé pour aujourd'hui, en tout cas), et, je crois que si, à ce moment-là, un bruit ne s'était pas produit dans la rue (un bruit isolé, qui ne fut suivi d'aucun autre), qui m'avait fait tourner la tête vers la fenêtre et m'avait fait remarquer alors que les vitres étaient très sales dans le salon, toutes barbouillées de traces d'embruns urbains accumulés, avec ici et là quelques traînées de gouttes de pluie poussiéreuses et séchées, je n'aurais sans doute jamais eu l'idée de laver les vitres à ce moment-là. A quoi cela tient, parfois, n'est-ce pas. Je me rendis dans la cuisine, et j'ouvris le placard sous l'évier, m'agenouillai et pris une bassine et un chiffon dans le placard, ainsi que le pulvérisateur de produit pour les vitres, que mon fils adorait (à cause de la « cachette », comme il disait, doublement à tort, pour désigner la détente du pulvérisateur), ce qui ne l'empêchait pas d'avoir le doigt particulièrement leste sur la détente quand je l'autorisais parfois, sous ma surveillance équanime, à asperger lui-même la table basse ou les fenêtres d'un jet de ce liquide merveilleux qui faisait pschhht et devenait mousseux au contact du verre. Il est vrai que c'était un instrument fascinant que cette poire en plastique transparente, remplie de cette solution bleu limpide qui sentait si bon le détergent. J'avais ouvert en grand une des fenêtres à double battant du salon qui faisait près de deux mètres de hauteur, avec une vitre d'un seul tenant qui montait presque jusqu'au plafond, et que surmontait encore un petit vasis-

116

tas, et je m'étais hissé sur le radiateur, ma bassine à mes pieds. Debout au bord du vide, tenant le battant dans une main et aspergeant la vitre de l'autre avec le revolver du pulvérisateur, je me rendis compte assez vite que, passées les premières aspersions insouciantes et légères à la surface du verre, très libres et assez déconnantes, qui sont le vrai bonheur du laveur de vitres, Jackson Pollock en savait quelque chose, les opérations deviennent tout de suite fastidieuses, qui ne consistent plus qu'à devoir frotter avec une maniaquerie de ménagère en appuyant bien son éponge sur le verre (ou, mieux encore, sa page de vieux journal). Car, même pour les vitres, rien ne remplacera jamais la presse écrite, à mon avis. J'avais donc une page de vieux journal froissée en boule à la main, et je frottais le haut de la vitre debout sur le bord de la fenêtre, m'éloignant parfois dangereusement dans le vide pour atteindre des angles complexes que j'achevais de peaufiner avec une éponge, quand je vis apparaître un taxi devant moi dans la rue. Je cessai un instant de frotter, mon éponge à la main, pour le suivre des yeux. La voiture s'immobilisa lentement devant chez moi, le moteur continuant de tourner au ralenti. Au

117

bout d'un moment, le chauffeur descendit de la voiture et leva la tête dans ma direction, jeta un rapide coup d'œil sur l'immeuble. Assez mal à l'aise debout sur le rebord de la fenêtre au premier étage, je détournai les yeux et je me remis à frotter distraitement pour me donner une contenance. Je frottais lentement, presque sur place, les yeux baissés. Ha-lô, dit le type sans ménagement, pour attirer mon attention, c'est vous qui avez appelé un taxi ? Moi ? dis-je, en me désignant prudemment la poitrine avec mon éponge. Moi ? Mais comment pouvait-il m'accuser, moi ? Ne voyait-il donc pas que j'étais en train de nettoyer les vitres ? Il n'insista pas. Après s'être approché de la maison et avoir sonné vainement à différentes sonnettes, puis avoir échangé quelques mots par-dessus la haie d'aubépines avec le propriétaire de l'immeuble (qui devait toujours être en train de lire dans son fauteuil, j'imagine, je n'entendais que sa voix), le chauffeur revint vers sa voiture, releva encore une fois la tête vers moi (aussitôt, rebaissant les yeux, je me remis à frotter hypocritement), remonta dans la voiture et redémarra. Presque aussitôt, en contrebas, la porte s'ouvrit et une jeune femme sortit à la hâte de l'immeu-

118

ble. Elle regarda autour d'elle, et se mit à attendre en guettant le bout de la rue. Au bout d'un moment, comme si elle avait senti ma présence dans son dos, elle releva la tête et me dévisagea un instant pensivement à distance, la tête tournée de profil dans ma direction, en se mordillant mélancoliquement la lèvre inférieure. J'avais détourné les yeux aussitôt, et je frottais la vitre d'un air doux et rêveur, lent et détaché, un pied levé derrière moi, essayant de paraître le plus séduisant possible à la fenêtre (comme si ce que je faisais n'avait pas d'importance, dans le fond). Je ne sais même pas si elle continuait à me regarder. C'est alors, tandis que je continuais à frotter ainsi ma vitre d'un air intelligent, un pied levé derrière moi, que j'entendis la voix du propriétaire de l'immeuble en contrebas qui interpella la jeune femme depuis sa chaise de jardin. De l'endroit où je me trouvais, je ne pouvais malheureusement pas voir son corps, au propriétaire de l'immeuble (à moins de me pencher dangereusement dans le vide ; mais le jeu n'en valait pas la chandelle). Bientôt, cependant, je le vis apparaître dans le jardinet, son livre à la main, qui alla s'adresser à la jeune femme par-dessus la haie d'aubépines, sans doute pour lui faire part de son témoignage au sujet du taxi. Je les voyais converser tous les deux de chaque côté de la haie d'aubépines, le propriétaire de l'immeuble avec un air désolé et contrit, qui faisait des gestes de la main en montrant le coin de la rue, et elle, la jeune femme, qui l'écoutait la tête baissée dans la rue, silencieuse, désemparée, très brune, très désirable (eh oui, me disais-je, et j'essorai tout doucement mon éponge dans la bassine).

J'avais refermé la fenêtre, et, avant d'aller ranger mon matériel dans la cuisine, je fis encore un peu de ménage dans le salon, dépoussiérai sommairement les coussins du canapé en les redressant de profil pour leur donner de grandes claques du plat de la main, puis je pulvérisai quelques jets de détergent au milieu de la table basse et passai rapidement un petit coup d'éponge circulaire dessus. Enfin, comme je m'apprêtais à quitter la pièce avec mon pulvérisateur et ma bassine sous le bras, je jetai un coup d'œil sur le téléviseur et, remarquant qu'il était très poussiéreux lui aussi, je lui balançai distraitement une petite giclée de pulvérisateur, qui alla s'écraser en haut de l'écran en un petit amas de mousse blanchâtre effervescente, puis, pris d'un léger vertige où se mêlait sans doute le simple plaisir enfantin de continuer de tirer à une jouissance plus subtile, symbolique et intellectuelle, liée à la nature de l'objet que j'avais pris pour cible, je ne m'arrêtai plus et je vidai presque tout ce qui restait de produit dans le réservoir du pulvérisateur, continuant à tirer à bout portant sur le téléviseur, appuyant sur la détente et relâchant mon doigt, appuyant et relâchant, de plus en plus vite, partout, au hasard de l'écran, jusqu'à ce que toute sa surface fût recouverte d'une sorte de couche liquide mousseuse en mouvement qui commença à glisser lentement vers le bas en filets réguliers de crasse et de poussière mêlées, en lentes coulées onctueuses qui semblaient suinter de l'appareil comme des résidus d'émissions et de vieux programmes fondus et liquéfiés qui descendaient en vagues le long du verre, certaines, rapides, qui filaient d'un seul trait, tandis que d'autres, lentes et lourdes, arrivées au bas de l'écran, rebondissaient et dégouttaient par terre, comme de la merde, ou comme du sang.

Le jour était tombé maintenant, et je demeurais tout seul dans la pénombre en face du téléviseur éteint. Je n'avais pas encore allumé la petite lampe halogène à côté de moi dans le salon, et la pièce baignait dans une douce pénombre orangée de soir d'été. En continuant de regarder le téléviseur éteint en face de moi, je finis par remarquer que la partie de la pièce où je me trouvais se reflétait à la surface du verre. Tous les meubles et les objets de la pièce, comme vus à revers dans un miroir convexe à la Van Eyck, semblaient converger en se bombant vers le centre de l'écran, avec le losange lumineux et légèrement déformé de la fenêtre en haut du boîtier, les formes denses et ombrées du canapé et de la table basse qui se dessinaient devant les murs, et les tracés plus fins, précis et nettement discernables, de la lampe halogène, du radiateur et de la table basse. Moi-même, au centre de l'écran, je reconnaissais ma silhouette sombre immobile dans le canapé. Je me sentais un peu las ce soir, et j'envisageais de passer le reste de la soirée à la maison. L'idéal, même, si

122

j'étais sage, me disais-je, serait de me mettre en pyjama tout de suite et de me faire un plateau télé (simple supposition théorique, évidemment), de manière à passer le reste de la soirée tranquillement dans le salon, une couverture sur les genoux, pour pouvoir me remettre au travail le lendemain matin.

Il y a quelque temps, j'avais fait une expérience étrange en regardant la télévision. Quand on regarde la télévision, en effet, on est obligé de construire constamment sa propre image mentale à partir des trois millions de points lumineux d'intensité variée que nous propose en permanence l'image télévisée, notre psychisme complétant ainsi au fur et à mesure le processus de configuration toujours en progrès des images qui se présentent à nous (ce qui semble assez compliqué, évidemment, à première vue – mais, rassurez-vous, la moindre étude de mesure d'audience tendrait à prouver que c'est à la portée de n'importe qui). Ce soir-là, donc, il y a une ou deux semaines, j'avais regardé le journal télévisé de la deuxième chaîne de télévision allemande assis dans le canapé avec un plateau de télévision (heureux temps à jamais

révolus), les pieds nus et la main sous les glo-
rieuses, en mangeant tranquillement une cuisse
de poulet avec de la mayonnaise. Puis, afin de
mener mon expérience à bien avec toute la
rigueur qui me caractérise, j'avais posé l'os du
pilon sur la table basse du salon en m'essuyant
le bout des doigts dans une petite serviette, et,
sans quitter l'écran des yeux, l'esprit concentré
et l'œil aux aguets, je m'étais pris à compter
environ une vingtaine de points lumineux sur
l'écran du téléviseur, ou, plus exactement, j'en
avais identifié très exactement zéro, mais
comme, malgré tout, l'image d'un présentateur
continuait de parvenir à mon cerveau, j'en ai
déduit que, à partir de cette vingtaine de points
que j'avais effectivement dû percevoir sur
l'écran, mon esprit avait pu reconstituer la tota-
lité de l'image en question en la complétant logi-
quement à partir des éléments qui lui étaient
fournis et en remplissant ainsi ligne par ligne
les points manquants pour obtenir l'image
complète et cohérente du visage à lunettes de
Jürgen Klaus qui présentait le journal télévisé
de la deuxième chaîne de télévision allemande
ce soir-là, et puis, tandis que je détaillais ainsi
toujours ce visage grave et affecté composé de

trois millions de points lumineux, qui, à raison de six cent vingt-cinq lignes par image, et de cinquante trames par seconde, était toujours en train de présenter le journal télévisé sur l'écran, je me suis dit que ce n'était pas Jürgen Klaus, dans le fond, ce présentateur à lunettes, mais Claus Seibel, je les confonds un peu tous, moi, ces présentateurs de télévision, malgré les trois millions de petits points de toutes les couleurs qui les caractérisent.

Aux environs de vingt heures, comme j'étais toujours dans le salon, j'eus envie d'allumer la télévision pour regarder les informations (mais je n'en fis rien, c'est ça que j'admire chez moi). Assis dans le canapé, les jambes croisées, je me demandais combien nous pouvions être à ne pas regarder la télévision en ce moment, et même, de façon plus générale, combien nous étions dans le monde à avoir définitivement arrêté de regarder la télévision. En l'absence de toute enquête statistique précise sur la question, le seul critère à peu près fiable pour établir l'appartenance à une catégorie statistique aussi vague et indiscernable que celle des personnes ne regardant jamais la télévision ne pouvait sans doute être que l'absence de téléviseur dans le foyer. Et encore n'était-ce pas un critère absolu, puisque il laissait de côté des gens comme moi, qui se trouvaient dans la situation paradoxale de posséder la télévision et de ne la regarder jamais (encore que, pour ma part, je n'avais arrêté de la regarder définitivement que depuis un peu plus de vingt-quatre heures). Mais, bon, ne compliquons pas, cela ne changeait rien à l'aspect statistique de l'affaire. Il n'était pas illégitime de supposer, en effet, que la proportion des gens possédant la télévision et ayant arrêté de la regarder depuis moins de vingt-quatre heures devait être infime. Pour le reste, selon les quelques études que j'avais pu parcourir sur la question, il semblait que seulement deux à trois pour cent des foyers en Europe n'étaient pas équipés de téléviseur. En additionnant ce chiffre aux quelques cas atypiques de personnes dans mon genre qui avaient la télévision mais ne la regardaient jamais, cela constituait quand même un bon petit total de trois pour cent de l'ensemble de la population européenne absolument réfractaire à la télévision. Encore fallait-il nuancer ce chiffre encourageant par le fait que notre échantillon était essentiellement

composé de clochards, de sans-abri, de délin-
quants, de prisonniers, de grabataires et d'alié-
nés. Car telle semblait bien être la caractéristi-
que principale de la catégorie statistique des
foyers sans téléviseur : d'être non pas tant sans
téléviseur que sans foyer.

Brusquement, me levant du canapé et quittant le salon (je ne tenais plus en place dans
l'appartement, il fallait que je sorte), je téléphonai à John Dory.

J'avais rencontré John Dory dans une librairie
quelques mois plus tôt à Berlin, lors d'une lecture organisée autour de la publication d'une
nouvelle traduction de Proust en allemand, lecture un peu fastidieuse où un type avait lu
Proust en allemand pendant près d'une heure
assis derrière une table (et, assis sur ma chaise
en plastique au fond de la librairie, sage et attentif, je ne comprenais pratiquement rien de ce
que racontait cet ostrogoth). A l'issue de la lec-

ture, tandis que tout le monde se levait avec soulagement dans la librairie, John Dory, qui était accompagné d'une de ces étudiantes longilignes dont il avait le secret (il avait sans doute dû faire sa connaissance quelques heures plus tôt dans quelque lieu public, dans un parc ou dans une bibliothèque, et il l'avait emmenée aussitôt avec lui à cette lecture sur Proust avec le même enthousiasme vibrionnant que s'il l'avait emmenée à l'hôtel), m'avait été présenté par des amis communs, et nous avions échangé quelques mots dans la librairie qui se vidait peu à peu de ses derniers auditeurs. Puis, pendant la conversation à laquelle s'était joint également le libraire, comme quelqu'un me demandait ce que je faisais à Berlin, j'avais sagement préféré ne pas évoquer trop directement mon projet d'étude sur Charles Quint et Titien Vecellio, pour ne pas risquer de compromettre sa mise en œuvre imminente par une trop grande jouissance publique préalable de ses thèmes, et je m'étais contenté de faire remarquer de façon un peu obscure combien il était curieux, dans le fond, que Proust, les quelques fois où il avait fait allusion à Titien dans *la Recherche*, l'appelait tantôt Titien, et tantôt le Titien (comme si

Proust lui-même, finalement, était resté indécis jusqu'au bout sur la question).

John Dory, que j'avais revu par la suite à une ou deux reprises, préparait quant à lui une thèse de doctorat de philosophie, qu'il avait commencée deux ans plus tôt à Paris, et qu'il continuait maintenant à Berlin, consacrée à un philosophe américain hermétique et inconnu que je prétendais, pour ma part, dès que nos relations furent devenues suffisamment amicales pour que je puisse me permettre cette petite impertinence, qu'il n'avait même pas lu (mais il m'assurait du contraire, avec un sourire modeste et persévérant). Suisse du Tessin par sa mère, Canadien anglophone par son père, John Dory avait un léger accent indéfinissable, plutôt anglais qu'italien, à mon oreille francophone, peut-être français à une oreille allemande, italien à une oreille anglaise, etc. Afin de pouvoir vivoter dignement à Berlin, où il s'était installé depuis quelques mois, il donnait des cours d'anglais et de français dans différentes institutions privées. Parfois, pour arrondir ses fins de mois, il lui arrivait également de donner quelques leçons particulières, ou d'assister un décorateur de théâtre pour la préparation d'un spectacle. Il faisait aussi quelques traductions à l'occasion, littéraires ou commerciales, divers petits boulots occasionnels. Ainsi, depuis le début de l'été, John remplaçait-il un analyste, le mardi et le vendredi après-midi, le docteur Joachim von M., qui était parti en vacances au début du mois de juillet. John m'avait expliqué comment cela se passait, en général très simplement. Il arrivait au domicile du docteur von M. un peu avant quatorze heures, montait dans l'appartement après avoir garé sa bicyclette dans la cour de l'immeuble et mis le cadenas, et il se faisait du café dans la cuisine, en attendant les patients, qui arrivaient en général vers quatorze heures. On sonnait à la porte, et John allait ouvrir, la plupart des patients étaient au courant de l'absence du docteur von M. et ne lui demandaient rien, entraient sans lui poser de questions. Dans le cas contraire, extrêmement rare, le docteur von M. lui avait conseillé de répondre le plus évasivement possible, d'une simple inclinaison des yeux affirmative, ou d'un petit sourire pensif qui n'engageait à rien, et tout s'était d'ailleurs très bien passé jusqu'à présent, John n'avait jamais eu de problèmes avec les patients. John les précédait dans le couloir les mains derrière le dos, et les faisait entrer dans le cabinet. Là, sans poser de questions, la plupart des patients allaient immédiatement s'allonger sur le divan, et John prenait place sur une chaise et commençait sagement à attendre, se croisait les jambes, regardait autour de lui. Les patients, sans qu'il faille les forcer, commençaient à parler, certains lentement, avec de longs silences, d'autres de façon plus confuse, avec des phrases pénibles et tortueuses qui n'arrivaient pas à sortir, le tout rythmé par le tic-tac de la grande pendule ancienne qui se trouvait dans un angle du bureau du docteur von M., en faux style Biedermeier, dont le long balancier d'argent battait imperturbablement la mesure. De temps à autre, John jetait furtivement un coup d'œil discret sur le patient allongé sur le divan, et levait les yeux au ciel, tirait sur les pans de son écharpe. John ne comprenait pas tout ce que disaient les patients, évidemment, mais cela n'avait pas beaucoup d'importance, m'avait-il expliqué, c'était quand même assez bon pour son allemand, dans l'ensemble, cela lui faisait l'oreille, comme il disait, d'entendre ce doux murmure perpétuel de phrases allemandes grammaticalement irréprochables. Et puis, rien ne l'obligeait de tout écouter, d'ailleurs, le docteur von M. ne lui avait demandé aucun compte rendu précis des séances, aucun verbatim ou mouchard quelconque, ce qui fait que John n'avait même pas besoin d'un bloc-notes à tenir sur ses genoux pour consigner le contenu des séances, ce qui aurait pu devenir assez fastidieux à la longue. A la fin de la séance, John se levait et raccompagnait les patients jusqu'à la porte, qui lui remettaient rituellement deux cents marks en liquide, avec les manières un peu pudiques et dépourvues de simplicité de ceux qui connaissent la valeur symbolique de l'argent, gênés de devoir ainsi échanger des billets de la main à la main, et John, glissant les billets dans sa poche sans fausse pudeur, sortait un instant avec eux sur le palier, leur faisait coucou de la main à distance pour leur dire au revoir et les regardait s'éloigner dans les escaliers en pensant bon débarras, avant de regagner l'appartement du docteur von M. et de refermer la porte derrière lui. Il se rendait alors dans le salon les mains dans les poches en sifflotant, et se servait un whisky, pensif, allumait la télé et allait s'allonger dans le canapé en attendant l'arrivée du prochain névropathe. Ce qui me frappait le plus, personnellement, dans cette histoire, c'est que John avait tout l'air d'un patient, lui, physiquement, avec son regard craintif, intelligent et rusé, qui lançait parfois de brefs éclairs hallucinés, son sourire ambigu et ses longs cheveux noirs qu'il laissait tomber sur ses épaules ou qu'il attachait parfois en queue de cheval, alors que les patients, pour la plupart, étaient des personnes bien mises, très convenables et bien habillées, un peu ternes et ennuyeuses comme le sont en général les analystes eux-mêmes, avec des lodens et des barbes bien faites, des cravates ou des nœuds papillons, et presque toujours quelque infime détail extravagant pour personnaliser l'ensemble, une courte pipe tarabiscotée ou quelque bague discrète au petit doigt, diamant ou zircon. Je le savais parce que j'avais eu l'occasion d'en voir moi-même quelques-uns un jour que j'avais dû remplacer John au cabinet du docteur von M., un vendredi après-midi où John n'avait pas pu se libérer et m'avait demandé de le remplacer au pied levé.

Lorsque je téléphonai à John ce soir-là, je le trouvai chez lui. Il ne faisait rien de particulier (il lisait, il était toujours en train de lire, John), et je lui proposai de nous retrouver vers neuf heures au Einstein Café. Avant de quitter la maison, je pris une douche et me lavai les cheveux (enfin, je fis mousser joyeusement mon duvet de caneton sous la douche). Puis, avant d'enfiler ma chemise et de remettre mon pantalon, je me passai un peu de crème Biafine sur le haut du dos, blanche et apaisante, onctueuse, idéale pour les brûlures, que Delon m'avait laissée avant de partir. J'appuyai sur le tube pour faire sortir une noix de crème sur mon doigt, oh, juste une noix, que je répartis délicatement sur la peau rouge et légèrement meurtrie de mes épaules, frottant lentement en cercles réguliers pour bien faire pénétrer la crème dans l'épiderme, avant de remettre ma chemise par-dessus avec précaution. Je me débrouillais très bien tout seul, finalement : même un suppositoire, peut-être, j'aurais pu essayer de le mettre tout seul, dans le pire des cas. Ne dramatisons pas, il ne s'agissait que d'un coup de soleil. Je quittai l'appartement, songeur, après m'être assuré que j'avais ma clef et de l'argent sur moi (quel tempérament inquiet), et je commençai à descendre tranquillement les escaliers. Je portais une veste légère, et j'avais agrémenté ce soir mes chaussures bateau, qui se portent en général les pieds nus, d'une paire de chaussettes blanches afin de leur donner une petite touche de couleur locale. Je devais faire tout à fait Berlinois à présent. A part l'accent, évidemment. Mais rien ne m'obligeait d'ouvrir la bouche. Un Berlinois taciturne, voilà. J'avais pris un autobus à deux étages sur la Arnheimplatz, et, après avoir présenté mon coupon mensuel au chauffeur, j'étais monté m'asseoir au premier rang de l'impériale. Assis là tout seul au premier étage de l'autobus, les pieds en appui sur le rebord de la fenêtre, je regardais les dernières lueurs rosées du jour s'éteindre devant moi sur la ville. Le bus venait de traverser le pont de chemin de fer de la station de S. Bahn de Halensee, et je me laissais porter dans les rues de Berlin en songeant à mon étude, non pas tant de façon appliquée et concrète, pour réfléchir à tel ou tel point précis de mon travail, mais de façon purement béate, vague et légère, flâneuse et vagabonde, comme si toutes ces merveilleuses pensées informulées qui se pressaient maintenant dans mon esprit allaient se retrouver un jour dans le marbre immuable de quelque étude idéale et achevée. On peut toujours rêver.

Le Einstein Café, qui se présentait comme une maison bourgeoise particulière, avec une grille et un petit perron, avait été au début du siècle la résidence privée d'une très grande actrice du cinéma muet (dont je tairai le nom en hommage à son art), avant de devenir, après la guerre, un café viennois couru qui avait quelque chose, tant dans la décoration que dans la clientèle, si ce n'est d'authentiquement germanique, tout du moins de vaguement germano-pratin. C'était un endroit agréable et tranquille où j'aimais aller prendre un verre à l'occasion, on y trouvait la presse du monde entier exposée sur une table à l'entrée, chaque journal étant fiché dans une de ces longues baguettes en bois clair antivols qui les rendaient en effet assez peu pratiques à piquer. Lorsque j'entrai dans le café ce soir-là, je me trouvai devant une salle calme et presque déserte, seules deux ou trois personnes étaient éparpillées là sur les banquettes, qui lisaient devant une tasse de café ou un verre de vin, et qui relevèrent un instant leurs yeux de leur journal par-dessus leurs lunettes en demi-lune pour regarder avec une curiosité un peu lasse et bougonne qui entrait dans la salle.

C'était moi, les gars. Cherchant John du regard et ne le trouvant pas, je traversai la salle une main dans la poche jusqu'à la porte-fenêtre, et commençai à descendre le petit perron qui menait au jardin. Une cinquantaine de personnes dînaient là à la lueur de photophores et de lampes de jardin, qui profitaient de l'exceptionnelle douceur de la soirée. Trois ou quatre serveurs, rapides, empressés, évoluaient entre les tables, des plateaux à la main, montaient et descendaient prestement les marches, vêtus de gilets noirs et de longs tabliers blancs qui leur couvraient les jambes. Certains se croisaient dans les escaliers, d'autres s'arrêtaient un instant devant une table, un grand portefeuille en cuir noir ouvert à la main pour rendre la monnaie au moment de l'addition. John, que je n'aperçus pas tout de suite, lisait à une table à l'écart, la tête penchée sur son livre avec un léger sourire de bonheur qui irradiait son visage. Il portait une chemise noire et ses cheveux étaient attachés en queue de cheval, ce que je préférais, finalement, quand nous dînions ensemble, plutôt que de le voir arborer une de ces longues chevelures noires, dont l'abondance soulignait un peu trop à mon goût le minimalisme contraint de mon duvet de caneton. Il referma son livre quand il me vit arriver, et nous nous serrâmes la main par-dessus la table, commençâmes à bavarder de choses et d'autres tandis que je prenais place en face de lui. J'avais ouvert la carte devant moi, que j'étudiais pensivement, les jambes allongées sous la table et les pieds en chaussettes dans le gravier, sans me hâter le moins du monde de mettre fin à ce moment délicieux, assez comparable au célibat, qui consiste à choisir son menu, où toutes les possibilités sont encore ouvertes, aucune éventualité encore définitivement écartée. Mon choix fait (un Tafelspitz, on s'y résout sans peine), je refermai la carte et la déposai devant moi sur la table, je me retournai un instant pour regarder qui dînait là ce soir, quelques couples taciturnes, une grande tablée d'Espagnols qui étaient vêtus comme toujours avec cette élégance raffinée qui ne se voit plus qu'en Italie, dont nous parvenaient de temps à autre quelques éclats de phrases enjouées dans le brouhaha ambiant, des hommes jeunes, un peu plus loin, élégants, en chapeau et veste blanche, assis en cercle sous le perron, qui en étaient déjà au café et fumaient le cigare en compagnie de jeunes femmes blondes et bronzées qui portaient des robes noires à bretelles. John s'empara de la bouteille de bordeaux qu'il avait commandée en m'attendant et voulut me servir un verre de vin. Non, non, pas d'alcool, dis-je en recouvrant mon verre de la main. John me regarda, interdit, la bouteille de vin en suspension au-dessus de mon verre, et je lui expliquai tout simplement que je ne buvais jamais d'alcool quand je travaillais (eh bien, dis-donc, tu ne dois pas travailler souvent, me dit-il).

On nous avait apporté les Tafelspitz, de fines tranches de bœuf blanchies au bouillon de légumes, accompagnées de deux types de sauce, présentées dans deux petits raviers en argent, une sauce au raifort légèrement sucrée, et une sauce au cerfeuil, le tout accommodé de pommes de terre rissolées. Je me servis d'abord de sauce au raifort, et John de sauce au cerfeuil, puis nous échangeâmes les raviers par-dessus la table, je pris la bouteille de bordeaux et je me servis un petit verre de vin (dans le fond, je ne pense pas que j'allais encore travailler aujourd'hui). Je reposai la bouteille sur la table, et j'annonçai à John que j'avais arrêté de regarder la télévision. Aussitôt, John, qui venait tout juste de mettre en bouche sa première bouchée de Tafelspitz, faillit la recracher dans son assiette, et se pencha brusquement en avant vers la table en secouant ses doigts à toute vitesse devant sa bouche, non pas tant dans l'urgence de réagir sans perdre un instant à ma révélation que parce qu'il s'était brûlé la langue avec les pommes de terre rissolées. Il prit un morceau de pain dans la corbeille dont il retira la mie, qu'il appliqua à petits coups délicats sur ses lèvres pour apaiser leur feu. Depuis longtemps ? finit-il par dire en se touchant une dernière fois le bord des lèvres avec un doigt, avant de regarder un instant l'intérieur dudit doigt avec une curiosité méfiante et circonspecte (je me demande ce qu'il espérait y trouver). Depuis hier, dis-je, depuis hier après-midi. J'étais assez curieux de savoir quelle serait sa réaction. Sans rien dire, songeur, John prit la bouteille de vin et commença à me resservir de vin (j'esquissai un petit geste de refus, négligent et brouillon, quand il eut fini de remplir mon verre), se resservit lui-même, et reposa la bouteille sur la table. Il reprit ses couverts et se coupa un nouveau morceau de Tafelspitz avec soin, qu'il enduisit de sauce au raifort avant de le porter prudemment à sa bouche. Moi non plus, cela fait au moins trois mois que je ne l'ai plus regardée, me dit-il. Chaque fois que j'avais annoncé aujourd'hui à quelqu'un que j'avais arrêté de regarder la télévision, que ce soit à Delon cet après-midi, ou à John maintenant, il me disait que lui non plus il ne la regardait pas. Ou peu, ou plus. Personne ne la regardait, dans le fond, la télévision (à part moi, bien entendu).

John, lui, n'avait pas de téléviseur chez lui, de toute façon. Ce qui ne l'empêchait pas, m'expliqua-t-il pendant le dîner, de lire régulièrement les programmes de télévision dans les journaux, et même de regarder les émissions qui l'intéressaient, en se faisant prêter à l'occasion un téléviseur pour la soirée. Il avait remarqué, d'ailleurs, que les gens étaient assez réticents à prêter leur téléviseur, leurs livres oui, tant qu'on voulait, leurs disques, leurs vidéocassettes, leurs vêtements, pourquoi pas, mais pas leur téléviseur. C'était sacré, leur téléviseur, et, chaque fois qu'il s'en était fait prêter un, m'expliquait-il en souriant, il avait remarqué l'angoisse des propriétaires au moment où il s'apprêtait à partir avec le poste, les enfants presque en larmes dans le salon sous l'aile consolatrice du bras de leur père, qui regardaient John débrancher l'appareil et les différents câbles de l'antenne et du magnétoscope, et qui le suivaient tristement dans le couloir la tête basse, tandis que John, un peu ralenti par le poids du poste qu'il portait à bout de bras, sortait sur le palier et commençait à descendre les escaliers en se retournant pour remercier et promettre de rapporter l'appareil dès qu'il aurait vu son émission. Arrivé dans la cour de l'immeuble, il posait un instant le poste sur le sol pour reprendre son souffle, avant de rentrer chez lui à pied si les amis qui lui avaient prêté le téléviseur n'habitaient pas trop loin, ou, sinon, il le chargeait avec soin dans une petite remorque attelée à son vélo. Après avoir bien arrimé le poste dans la remorque avec tout un jeu de cordes et de tendeurs, il montait sur sa bicyclette et s'éloignait ainsi en pédalant tranquillement dans la rue ou sur la piste cyclable, le gros poste de télévision bien calé derrière lui dans la remorque entouré de vieux journaux et de chiffons protecteurs, au point que quelqu'un voyant passer un tel convoi dans la rue et ne connaissant pas John l'aurait sans doute pris pour un brocanteur, alors qu'il ne s'agissait, somme toute, que d'un téléspectateur.

En ressortant du Einstein Café, nous étions légèrement ivres, John et moi. John venait de me quitter quelques instants plus tôt (il était remonté sur sa bicyclette et je l'avais regardé s'éloigner en vélo dans la nuit), et j'attendais maintenant un taxi tout seul dans la Kurfürstenstrasse. De l'autre côté de la rue, une amazone en guêpière se tenait dans la lueur d'un réverbère, les cuisses et les hanches nues sous la fine soie résillée de ses bas, et je m'efforçais de me donner une contenance studieuse en face d'elle sur le trottoir. De temps à autre, continuant de guetter un hypothétique taxi au bout de la rue, je ne pouvais m'empêcher de jeter un coup d'œil furtif sur cette fille à peine vêtue qui attendait dans la nuit en face de moi, mais, malgré la très légère ivresse qui m'enrobait les tempes, je n'éprouvais aucune attirance physique particulière pour elle, non pas qu'elle fût moche ou pas moche, ce n'était pas la question, elle était inexistante à cette aune, sans visage et sans identité, tout entière enfermée dans l'image la plus stéréotypée de sa fonction, simple corps svelte, blond et athlétique, dans un luxe d'ornements érotiques aussi apparemment excitants que tristement convenus, guêpière cintrée et petit blouson riquiqui en cuir rouge d'une froideur clinique décourageante. Eût-elle été un rien plus grassouillette, peut-être, me disais-je, et vêtue d'une simple chemise de nuit transparente, là, en face de moi sur le trottoir, je ne dis pas que, l'aiguillon de la libido aiguisé par l'ivresse, je n'eusse pas eu envie de traverser la rue pour lui proposer de l'argent afin de pouvoir me frotter un instant à son corps en lui touchant les seins et lui peloter les hanches et la chatte en soulevant sa chemise de nuit. J'attendais sagement mon taxi, en attendant. Quel contraste, parfois, entre le simple taxi qu'on attend et les petites fantaisies sexuelles qui vous viennent à l'esprit. Les hanches et la chatte, sapristi ! Je me demandais bien pourquoi les hanches, d'ailleurs (la chatte, j'y voyais plus clair).

La fille continuait d'aller et de venir en face de moi sur le bord du trottoir, faisant demi-tour de temps à autre en mâchant du chewing-gum

et en balançant son petit sac à main qu'elle faisait tourner avec désinvolture au bout d'une
longue chaîne dorée, minuscule baise-en-ville
qui ne devait sans doute rien contenir de plus
qu'un poudrier et un choix dépareillé de che-
wing-gums et de préservatifs. Au bout d'un
moment, comme cela faisait quand même un
certain temps qu'elle m'avait dans son champ
de vision, avec mes allures de faux dévot et mes
chaussettes de faf dans mes chaussures bateau,
elle finit par incliner la tête pour m'adresser à
tout hasard un petit sourire enjôleur d'un côté
à l'autre de la rue. Comme je ne répondais pas
(je n'avais pas de voiture, de toute façon, ce
n'était pas de la mauvaise volonté), elle haussa
les épaules et fit volte-face, s'éloigna sur le trottoir en s'appliquant à bien déhancher son petit
cul épicentral à mon intention pour bien me
faire voir en action tout ce qui me passait sous
le nez. Elle dut interrompre son petit défilé presque aussitôt, car une voiture venait de s'arrêter
à sa hauteur dans la rue, et, revenant lentement
sur ses pas en se déhanchant avec dédain pour
s'approcher de la portière en mâchant son chewing-gum, elle se cassa en deux pour se pencher
un instant à la vitre du haut de ses immenses

jambes résillées, et commença à bavarder ainsi à la portière, le haut du corps disparaissant presque entièrement dans l'habitacle pour s'entretenir avec le conducteur. Attendant toujours mon taxi, je les observais discrètement à distance, et je me demandais ce qu'ils pouvaient bien être en train de se raconter aussi longuement dans le noir, ces deux oiseaux (le savoir serait de toute façon décevant, me disais-je, mieux valait continuer d'imaginer tranquillement les pires cochonneries sans risquer le démenti de la vraisemblablement sordide réalité). Puis, alors que le conciliabule se poursuivait toujours, elle finit par ouvrir la portière et monta dans la voiture, claqua la portière avec détermination derrière elle. La voiture redémarra lentement, et je suivis un instant des yeux ses feux arrière rouge luminescents qui s'éloignaient dans la nuit. J'attendais toujours vainement mon taxi dans la Kurfürstenstrasse, et je songeais maintenant un peu tristement à cette fille qui venait de s'éloigner, à ce qu'elle allait faire ce soir et à ce qu'elle avait fait aujourd'hui. Car que font les putes entre les passes — si ce n'est regarder la télé ?

Il devait être près de deux heures du matin quand le taxi me déposa devant chez moi. Il n'y avait aucune lumière aux fenêtres de la maison, seuls quelques reflets de lune se reflétaient çà et là en biseau sur les vitres. Au premier étage, derrière l'avancée de pierre sombre du balcon, je me rendis compte que la porte-fenêtre de mon bureau était restée ouverte. La façade, tout autour, finement granuleuse, paraissait grise dans la pénombre, baignée par de larges nappes de clarté irrégulières qui provenaient des réverbères. Juste au-dessus, au deuxième étage de l'immeuble, s'alignaient les grandes fenêtres à double vitrage de l'appartement des Drescher, et, debout sur le trottoir, la tête levée vers la maison, je regardais la fenêtre de la chambre à coucher des Drescher (la fougère, mon Dieu, me dis-je soudain). Il n'y avait pas un bruit dans l'appartement des Drescher quand j'y pénétrai cette nuit-là pour aller prendre des nouvelles de la fougère, et cela sentait un peu le renfermé dans le vestibule de l'entrée. Le soleil avait dû taper toute la journée sur les vitres, et une chaleur lourde et étouffante s'était accumulée dans l'appartement. Il semblait même que l'odeur des Drescher, d'ordinaire assez discrète, et que je

147

percevais à peine quand je venais chez eux, s'était épanouie librement dans les pièces cet après-midi, comme si, sous l'effet de la chaleur, elle avait fini par se libérer des murs et des rideaux, du tissu un peu sale des fauteuils, de la laine de la moquette, où elle avait dû macérer à loisir depuis des années en mêlant allègrement son aigreur aux moisissures du plâtre et à l'érosion des papiers peints. Entêtante et fascinante, délétère comme peut l'être l'odeur du tulle quand on en approche clandestinement la narine pour humer son parfum avec un effroi teinté de ravissement, l'odeur des Drescher puait à présent librement dans toutes les pièces de l'appartement, gaiement et sans entrave (comme si les Drescher étaient rentrés de vacances ce soir en mon absence). Un peu inquiet à cette idée, malgré tout, je me hâtai de remplir mon arrosoir au robinet de la cuisine et je revins rapidement sur mes pas dans le couloir pour aller m'assurer que j'étais bien seul dans l'appartement. Je marquai un temps d'arrêt derrière la porte de leur chambre à coucher, prêtant l'oreille pour surprendre d'éventuels bruits de grincements de literie dans la pièce (j'aurais eu l'air fin derrière la porte, avec mon arrosoir), et j'ouvris la porte tout doucement, craignant malgré tout de me trouver en présence des Drescher nus dans leur lit dans un désordre de draps, comme dans un tableau de Fragonard (ou, plutôt, ne rêvons pas, comme dans *Tandis que des visions de prunes confites dansaient dans leurs têtes*, de Edward Kienholz). Il n'y avait personne dans la chambre, heureusement, et je m'avançai à pas de loup dans la pénombre en direction de la fougère (bien, bien, voyons voir si la motte s'était réhydratée, me disais-je en m'accroupissant à côté de la bassine).

Je mis un doigt dans la motte, avec beaucoup d'égard, prudemment, commençai à farfouiller un peu dedans à ma convenance, soulevant ici, enfonçant là. Ce n'était pas sec, sec, non ; mais, disons que j'avais déjà connu plus enthousiasmant (je ne citerai pas de noms, rassurez-vous). Je vais être franc, j'étais un poil déçu : cela manquait d'onctuosité, voilà, de gras et de liant, de musc et de civette. La touffe, également, paraissait bien pâlotte, toute éteinte et flapie, au regard de celle, fringante, épanouie, que j'avais connue quand Inge m'en avait fait les honneurs. Je flattai tristement la pauvre chose du revers de la main en suivant l'ondulé de ses frondes qui tombaient en cascade en dehors de la bassine, et, la sortant de la bassine, je la posai devant moi sur la moquette. A genoux sur le sol, mon arrosoir à côté de moi, je regardais cette pauvre plante dans la pénombre et je me demandais si, plutôt que de procéder dès maintenant à un arrosage massif au risque de lui causer un dernier chaud et froid brutal qui eût été fatal à ses atours éteints, le mieux n'eût pas été d'essayer de la rempoter carrément, c'est-à-dire, en prenant bien soin de tout le réseau de petites racines fragiles comme des veinules qui avaient pris attache en bordure de son pot, d'essayer de séparer délicatement la motte principale en deux ou trois mottes plus petites et plus malléables, que je pourrais mettre chacune à tremper dans d'autres pots, ou dans des verres, je ne sais pas (quel trafic), tout ce que je pourrais trouver dans la cuisine des Drescher, même des belles tasses à thé en faïence, comme des boutures, si vous voulez, mais plus grosses, la multiplication des mottes, en quelque sorte, la division des touffes.

Lorsque j'allai arroser les autres plantes dans l'appartement des Drescher, je m'attardai un instant dans le bureau de Uwe, mon arrosoir à la main, passai un doigt sur l'ordinateur, soulevai quelques lettres sur la table de travail de Uwe. Le courrier, abondant, était rangé et classé avec soin dans un sous-main. J'examinai les livres et les revues qui se trouvaient sur la table, essentiellement des publications de droit administratif, en anglais et en allemand, des revues financières, des rapports, des audits. Uwe était avocat d'affaires et homme politique (Uwe Drescher, vous en avez peut-être déjà entendu parler, c'était une des étoiles montantes du petit parti libéral en déclin). Tout seul dans le bureau, je m'approchai lentement de la porte-fenêtre et regardai un instant distraitement par la vitre. La lune brillait au-dessus de la ligne des toits, et j'apercevais encore çà et là une lumière allumée au loin dans la nuit. Sur le balcon, que baignait la douce clarté de la lune, l'ombre d'une chaise pliante reposait contre le mur, avec une petite bêche et un râteau appuyés dessus, deux ou trois sacs de terreau posés contre le mur. Une jardinière courait tout au long de la rambarde, et, regardant cette jardinière qui se profilait là devant moi dans la nuit, je songeai alors avec un accablement qui me tomba dessus progressivement que je n'avais pas encore arrosé une seule fois les semis de marguerites depuis le début de l'été. J'ouvris la porte du balcon et sortis sur la terrasse pour aller jeter un coup d'œil sur les semis : tout au long de la jardinière, la terre était devenue une croûte aride et lézardée, lunaire, désertique, où ce qui avait dû être un jour de jeunes pousses prometteuses de marguerites était devenu des vestiges de végétaux brûlés par le soleil, des résidus de tiges pendouillantes et fanées, écroulées, comme irradiées sur place dans la terre desséchée. Je soulevai quand même mon arrosoir pour les arroser, mais je m'interrompis presque aussitôt (les bras m'en tombaient), il n'y avait plus rien à faire, et je n'avais plus de force. Quel bilan botanique.

Je m'étais accoudé à la rambarde du balcon, mon arrosoir à mes pieds, et je demeurais là tranquillement à regarder le ciel d'été devant moi dans la nuit. Seules quelques rares étoiles brillaient en tremblotant à l'horizon, et je me sentais proche de ces scintillements lointains, ces petits points fragiles et indécis que je regardais mourir puis renaître timidement dans le ciel. Seul dans la nuit de Berlin, accoudé au balcon de l'appartement des Drescher, je songeais à ce qu'avait été cette journée de travail qui était sur le point de s'achever maintenant, et je me demandais ce qui, dans le fond, caractérisait une journée de travail réussie. Une telle réussite, si tant est qu'elle puisse se mesurer, d'ailleurs, ne pouvait certainement pas se juger quantitativement au nombre de pages qu'on avait pu écrire, pas plus, sans doute, qu'à la qualité et à l'ampleur du travail souterrain qui avait pu s'accomplir. Non, ce qui permettait sans doute le mieux d'évaluer la réussite d'une journée de travail, me semblait-il, c'était la manière dont nous avions perçu le temps passer pendant les heures où nous avions travaillé, la faculté singulière que le temps avait eue de se charger du poids de notre travail, associé au sentiment, apparemment contradictoire, qu'il avait donné en même temps de s'être écoulé très vite, à la fois lourd du travail qu'on avait accompli, qui le chargeait de sens et le lestait du poids de l'expérience que nous avions vécue, et pourtant si incomparablement léger qu'on ne l'avait pas vu passer. C'était cela la grâce, me semblait-il, ce mélange de plénitude et de légèreté, qu'on ne pouvait éprouver qu'à quelques heures privilégiées de la vie : en écrivant ou en aimant.

J'étais retourné dans l'appartement des Drescher, et je regardais distraitement les livres qui se trouvaient dans la bibliothèque de leur chambre. Je n'avais allumé qu'une petite lampe de chevet à côté du lit, et je tournais sans bruit les pages d'un livre que j'avais retiré des rayons. Quand j'eus fini de le feuilleter, je le remis en place, et allai m'asseoir sur le lit des Drescher. Le téléviseur, en face de moi, était éteint, qui reposait sur un petit meuble noir, dans lequel plusieurs rangées de vidéocassettes étaient disposées avec soin à la verticale, certaines dans des étuis en plastique noir, d'autres sans rien, avec une simple étiquette de fortune collée sur la tranche pour indiquer le titre du film ou de l'émission enregistrés. Je me relevai pour aller jeter un coup d'œil à la fenêtre de la chambre. La rue était déserte en contrebas sous la lumière des réverbères, et je regardais l'immeuble d'en face dans la nuit sans bouger à la fenêtre, les mains dans les poches de mon pantalon. Toutes les lumières étaient éteintes maintenant aux fenêtres de l'immeuble d'en face, tout le monde dormait dans Berlin. Un peu indécis, revenant lentement sur mes pas, je pris la télécommande sur le boîtier du téléviseur et j'allumai la télévision dans la chambre.

Il allait de soi, bien entendu, que, dans mon esprit, arrêter de regarder la télévision ne s'appliquait nullement en dehors de chez moi.

Ce n'était pas, en effet, parce que j'avais décidé d'arrêter de regarder la télévision que j'allais devoir me couper du monde, et que, me trouvant par exemple un soir chez des amis où un téléviseur serait allumé dans le salon, je serais obligé de me voiler la face dans mon fauteuil pour ne pas me dédire, ou si, passant un jour dans la rue devant un magasin où des téléviseurs seraient allumés en vitrine, j'allais immédiatement devoir changer de trottoir pour ne pas m'abjurer. Non. Loin de moi ces tartufferies. Il n'y avait pas de raideur intellectuelle dans mon attitude, guère d'ostentation dans ma démarche. J'avais, c'est entendu, arrêté de regarder la télévision, mais ce n'était pas pour autant que j'allais devoir me livrer à toutes sortes de contorsions absurdes dans la vie quotidienne. Je dirais même, sans faire dès à présent l'inventaire exhaustif de toutes les petites exceptions que je pensais pouvoir m'autoriser sans déroger le moins du monde à la règle que je m'étais fixée (façon, toute mienne, d'ailleurs, de tempérer quelque peu le jansénisme des règles que je me fixais par un certain coulant dans leurs applications), que si, dans les mois ou les années à venir, devait avoir lieu quelque grand événement sportif, rare et de dimension exceptionnelle, je pense par exemple aux Jeux olympiques, à la finale du cent mètres des Jeux olympiques, je voyais mal pourquoi, au nom de je ne sais quel purisme étroit, intransigeant et abstrait, j'allais devoir me priver de ces dix malheureuses secondes de retransmission (que dis-je, moins de dix secondes !).

J'étais donc en train de regarder distraitement la télévision dans la chambre à coucher des Drescher. Il faisait assez sombre dans la pièce, et le cône de clarté oblique diffusé par l'écran allait se mêler dans la pénombre aux lueurs tamisées de la petite lampe de chevet

que j'avais allumée à côté du lit. Assis sur le lit
des Drescher, je m'étais calé un oreiller derrière le dos, et, les jambes croisées sur la couverture, je changeais de chaîne de temps en
temps en pianotant sur la télécommande.
J'avais baissé un peu le son du récepteur pour
ne pas importuner mes voisins (je me mettais à
ma place, si j'avais dû dormir à l'étage en dessous), de sorte que je n'entendais pratiquement
plus rien maintenant (déjà que je ne comprenais pas grand-chose en allemand auparavant).
Je regardais tous ces hommes et ces femmes
qui étaient en train de débattre en pleine nuit
sur différents plateaux comme si de rien n'était,
souriants et les jambes croisées, et je leur coupais le caquet de temps en temps d'une simple
pression du doigt sur le bouton de la télécommande pour passer à d'autres débatteurs sans
son qui expliquaient eux aussi je ne sais quoi
les doigts tremblant de trac. Je butinais ainsi
de débat nocturne en débat nocturne, de feuilleton en extrait de films, changeant de chaîne
sans motivation précise, presque machinalement, sans raison, comme on se gratte le dos
en été, ou l'arrière de la cuisse, alternant les
chaînes allemandes et les chaînes turques, les

chaînes nationales et les chaînes locales, les chaînes publiques et les chaînes privées, certaines étaient thématiques, d'autres à péage, codées, cryptées (où, pour brouiller les films, des lignes horizontales tremblotaient en noir et blanc dans un bourdonnement d'insecte métallique), et même, parfois, vers la fin des canaux numériquement attribués, dans ces profondeurs abyssales et mystérieuses des réseaux hertziens, où d'énigmatiques écrans neigeux étaient parfois abandonnés dans la nuit, je tombais sur une mire, une de ces mires dont la vocation était en principe d'annoncer la fin des programmes, et qui aurait dû apporter enfin un répit dans cette continuité sans fin de chaînes et de programmes, une pause, une respiration avant la reprise des programmes du lendemain, mais qui, elle aussi, avait été vitalisée et dynamisée pour diffuser d'autres images et d'autres sons (et non l'image fixe et poignante d'une de ces mires avant-courrières d'autrefois, qui annonçaient à mes yeux d'enfant ému le début imminent de la retransmission de l'étape du Tour de France), mais du mouvement encore, rapide et affolé, s'accélérant toujours à perdre haleine, comme cette lancinante prise de vue subjective d'une locomotive d'une ligne de S. Bahn lancée à toute allure sur ses rails dans la périphérie de Berlin.

La télévision est déraisonnablement formelle, voilà ce que je me disais à présent sur le lit des Drescher, qui semble couler en permanence au rythme même du temps, dont elle semble contrefaire le passage dans une grossière parodie de son cours, où aucun instant ne dure et où tout finit par disparaître à jamais dans la durée, au point que l'on peut parfois se demander où vont toutes ces images une fois qu'elles ont été émises et que personne ne les a regardées, ni retenues, ni arrêtées, à peine vues, survolées un instant du regard. Car, au lieu que les livres, par exemple, offrent toujours mille fois plus que ce qu'ils sont, la télévision offre exactement ce qu'elle est, son immédiateté essentielle, sa superficialité en cours.

Avant de quitter l'appartement des Drescher, je me rendis dans la cuisine pour aller mettre le pot de fougère à tremper dans l'évier pour le reste de la nuit. Puis, comme je traînais dans la pièce, un peu indécis, j'ouvris le réfrigérateur pour voir ce qu'il y avait dedans (je me serais bien bu une petite bière). Accroupi en face de l'appareil, la poignée à la main, j'examinais l'intérieur violemment éclairé de l'appareil qui contrastait un peu avec la douce pénombre qui régnait dans la pièce. Il n'y avait rien de bien intéressant dans ce réfrigérateur, à part un vieux pot de moutarde entamé et desséché dans la contreporte. Toutes les clayettes étaient vides sinon, à l'exception d'une bouteille de Sekt recouverte de papier de soie couchée à l'horizontale sur une des étagères grillagées. Je sortis la bouteille, que j'examinai un instant entre mes mains, soulevai le papier de soie sans le déchirer pour jeter un coup d'œil sur l'étiquette. Je remis la bouteille en place. Du réfrigérateur, en face de moi, émanait une fraîcheur délicieuse, presque matérielle, comme des nappes hésitantes et visibles de condensation glacée qui venaient me baigner le visage dans l'îlot de clarté où je me trouvais. Je me relevai et retournai voir la fougère dans l'évier, réfléchis un instant. J'étais un peu ennuyé, à vrai dire, vis-à-vis des Drescher. Je craignais en effet qu'ils puissent trouver mon attitude bien cavalière si, à leur retour de vacances, ils devaient retrouver leur fougère dans cet état alors qu'ils m'avaient demandé d'en prendre soin cet été. Je flattai tristement une des frondes de la fougère avec un doigt, sans conviction, soulevant une feuille et la laissant retomber, et, la voyant si faible, si molle, si résignée, j'eus alors l'idée de la soumettre à une thérapeutique de choc. Je m'emparai du pot, et j'allai le mettre dans le réfrigérateur, au-dessus du bac à légumes. Je refermai la porte. Je prêtai l'oreille un instant. Aucune réaction, rien, le simple bourdonnement continu du réfrigérateur dans la cuisine.

J'étais retourné regarder la télévision dans la chambre des Drescher. J'avais cessé de changer de chaîne depuis quelques instants, et je m'attardais paresseusement sur un match de handball féminin, en différé vraisemblablement (je doutais fort que ces jeunes femmes soient en train de jouer au handball en ce moment). Un but venait d'être marqué, en tout cas, différé ou pas, et on courait rejoindre son camp, on se replaçait sur le terrain en s'adressant des petites tapes d'encouragement sur l'épaule, on se donnait des consignes (c'était dix-sept à quatorze pour le Bayer Leverkusen). Songeur, les jambes croisées sur le lit, je regardais tout cela distraitement, imaginant vaguement une de ces joueuses nue sous son maillot à bretelles, un peu passivement, sans vrai effort d'investigation, sans chercher à connaître, par exemple, à partir des quelques éléments concrets de son anatomie lisibles sur l'écran, la carnation de sa chair, l'ombre infime d'un duvet sur sa lèvre ou la fine pilosité entrevue de son avant-bras, ce que pouvait être la nudité réelle de cette jeune femme, ni même, au prix d'un effort pourtant minime, de fermer les yeux un instant et de bien vouloir me donner la peine, si ce n'était pas trop me demander, de l'imaginer nue et en sueur sur le terrain. Or, c'est pourtant comme ça qu'il faudrait regarder activement la télévision : les yeux fermés.

Et je me demandai alors pour quelles raisons, dans le fond, j'avais fini par arrêter de regarder la télévision. Toujours assis là devant l'écran (dix-huit à quatorze, à présent, beau but du Bayer Leverkusen qui repassait au ralenti), je songeais que, si Delon m'avait posé la question cet après-midi, ou John, ce soir, au restaurant, j'aurais sans doute été bien incapable de répondre. C'est un faisceau de raisons, sans doute, qui était à l'origine de ma décision d'arrêter de regarder la télévision, toutes étant nécessaires, aucune n'étant suffisante, et il serait vain, je crois, de chercher une raison unique susceptible de pouvoir expliquer mon passage à l'acte. On m'avait raconté qu'un jour, aux Etats-Unis, un journaliste d'une chaîne de télévision privée était parvenu à interroger un désespéré qui venait de se tirer une balle dans la tête sur les raisons qui avaient pu expliquer son geste (le document, un peu gris, un peu flou, avait été filmé de façon très brute, très documentaire, l'opérateur ayant mis un genou à terre, caméra à l'épaule, et le journaliste ayant simplement approché son micro de la bouche du désespéré et soulevé sa nuque, avec beaucoup d'égards, pour qu'il veuille bien, s'il voulait parler, parler dans le micro), et que le malheureux, étendu sur le trottoir et baignant dans son sang, aurait juste, en guise de réponse, dans un faible geste de la main tournée vers les cieux qui rappelait autant le geste auguste de Platon dans *L'Ecole d'Athènes* que celui, plus énigmatique, du *Saint Jean-Baptiste* de Léonard de Vinci, tendu péniblement le majeur de la main droite en direction de la caméra et murmuré *Fuck you*.

Je serais assez tenté à m'en tenir également, pour l'heure, à cette explication – et j'éteignis la télévision.

Dans les jours qui suivirent, je n'essayai plus de travailler aussi systématiquement à mon étude. Je privilégiai un angle d'attaque moins volontaire, plus diffus, plus souterrain. Dès le matin, me levant désormais vers neuf heures, neuf heures et demie, je prenais le bus pour aller faire de longues promenades dans la forêt de Grunewald. Peu à peu, j'avais même recommencé à aller à la piscine. J'avais acheté des petites lunettes de nage en caoutchouc bleu, légères et effilées, avec deux hublots distincts en plastique transparent, tels des verres de lunettes à double foyer, qui me faisaient de gros yeux inertes quand je les descendais sur mon nez pour nager et me donnaient au contraire un air romantique de conducteur de motocyclette quand je les relevais sur mon front en sortant de l'eau. Longeant ainsi le bord de la piscine, les bras ballants, une serviette sur l'épaule, je regagnais les vestiaires en maillot de bain, mes lunettes sur le front, croisant ici et là quelque maître nageur désœuvré qui se regardait les pieds assis sur un tabouret ou quelque toute jeune fille qui se hâtait en trottinant prudemment au bord de l'eau pour aller rejoindre une de ses copines dans le brouhaha général de la piscine. Il était difficile de dire précisément combien ces lunettes de nage professionnelles, jointes aux qualités naturellement aquadynamiques de ma coiffure (une petite brosse ultracourte et duveteuse), pouvaient me faire gagner de centièmes de seconde par longueur de bassin, car je m'étais rendu compte que je n'arrivais pas très bien à nager sous l'eau, en réalité, de l'eau finissant toujours par me pénétrer dans le nez, quand ce n'était pas dans la bouche, lorsque, à court d'air et sur le point d'étouffer, je ressortais la tête en toute hâte pour aller happer une grande bouffée d'air désespérée devant moi, qui me faisait en général boire un peu la tasse et tousser dans la piscine. Je me contentais donc la plupart du temps de nager aussi tranquillement que d'habitude, la tête au fil de

165

l'eau, mes lunettes relevées sur le front (un vrai professeur dans une bibliothèque, quoi).

Dans l'eau, nous étions un petit groupe d'habitués, qui, sans pour autant se saluer, encore moins s'adresser la parole, se retrouvait là tous les matins à barboter à peu près aux mêmes heures, trouvant dans la régularité de cette circonstance la source dérisoire d'une petite satisfaction, si j'en juge, tout au moins, par mes propres réactions (mais je suis assez sentimental). Lentement, dans l'eau claire, j'écartais les bras parmi ces visages familiers, tel monsieur que j'avais aperçu la veille, telle vieille dame dont je reconnaissais le bonnet fleuri avec une pointe de gratitude émue, petit îlot de stabilité, immuable et rassurant, au milieu de cette ville qui avait connu tant de bouleversements depuis, disons, les quatre-vingts dernières années. Me concentrant sur le simple déroulement naturel de mes mouvements dans l'eau, je nageais paisiblement dans ce bassin bleuté en songeant à l'évolution de mon travail, le bain ne m'ayant jamais paru incompatible avec l'étude, bien au contraire. Les reflets du soleil, multiples, irisés, décomposés, glissaient généreusement autour de moi en miroitant le long de mes bras à chacune de mes brasses, et je continuais à travailler ainsi tranquillement à mon étude en faisant mes longueurs de bassin. Il y a toujours eu deux processus distincts à l'œuvre dans le travail littéraire, me semble-t-il, deux pôles séparés, complémentaires en quelque sorte, quoique nécessitant des qualités diamétralement opposées, l'un, souterrain, de gestation, exigeant désinvolture et souplesse, disponibilité et ouverture d'esprit, afin d'alimenter en permanence le travail d'idées et de matériaux nouveaux, et l'autre, plus classique, qui exigeait méthode et discipline, austérité et rigueur, au moment de la mise en forme définitive. Disons que depuis le début de l'été, de ces deux pôles, le janséniste et le coulant, c'était plutôt le coulant que j'avais privilégié.

Quelques serviettes de bain multicolores séchaient au soleil tout au long de la baie vitrée. Largement ouverte en été, la grande baie vitrée de la piscine donnait au loin sur un terrain de football abandonné, tout terreux et pelé, bosselé, caillouteux, qui était parfois entièrement recouvert de neige en hiver. Un soir de l'hiver dernier, j'avais même assisté là à un match de football en nocturne. M'étant rendu à la piscine un peu plus tard que d'habitude, j'avais fait tranquillement mes longueurs de bassin presque tout seul dans la piscine déserte, et je jetais parfois un coup d'œil dehors dans la nuit à travers la vitre, où, dans une épaisse nappe de brouillard que traversaient de temps à autre de brusques rafales de neige tourbillonnantes, j'apercevais au loin une vingtaine de silhouettes indifférenciées qui couraient dans la nuit, certaines avec des gants et des bonnets, un maillot jaune ou noir, parfois rouge, qui surgissaient du brouillard, se mouvant dans les clartés indistinctes des projecteurs, courant sur le terrain enneigé et glissant à la suite d'un ballon qui sortait à grand-peine des ornières boueuses où il s'encalminait, freiné et alourdi par la neige fondue et la boue qui imbibait son cuir. Je nageais tout seul dans la chaleur embuée de cette piscine déserte que deux rangées de néons illuminaient au plafond, tandis que, de l'autre côté de la baie vitrée, dans la nuit noire et glaciale de l'hiver, quelques flocons de neige portés au ralenti par le vent venaient s'abattre silencieusement sur les vitres, au contact desquelles ils fondaient immédiatement. En short et liquette blanche, un maître-nageur maigre et voûté, une perche à la main, finissait de ranger des bouées en bordure du bassin en m'avertissant que la piscine n'allait pas tarder à fermer.

La piscine était toujours très calme en été, nous n'étions pas plus d'une dizaine de personnes dans le bassin, et je pouvais nager à mon aise, sans m'inquiéter des autres nageurs, chacun de nous, en effet, les quelques habitués, étions toujours aussi soucieux de nous éviter les uns les autres que de ne pas faire de vagues dans le bassin. Parfois, comme je nageais ainsi mes lunettes sur le front en réfléchissant à mon étude, il m'arrivait d'entendre la porte du vestiaire s'ouvrir à côté de moi, et, levant machinalement les yeux sur le nouvel arrivant, comme on relève la tête de son livre dans une bibliothèque pour regarder la jeune femme qui vient d'entrer et la suivre un instant des yeux d'un regard rêveur en en tombant brièvement amoureux (avant de replonger la tête dans son livre et de reprendre sa lecture en soupirant), je reconnaissais avec une ombre de désagrément ce qu'il faut bien appeler un crawleur. Je suivais des yeux ce paisible jeune homme apparemment inoffensif (carrure de cintre, minuscule maillot de bain noir), tandis qu'il longeait lentement le bassin pour aller prendre place sur le plot de départ du couloir qu'il avait sélectionné, où il ajustait bien ses lunettes (avec un geste calme et posé des deux mains pour les faire descendre sur ses yeux), avant de se jeter soudain à l'eau dans un plongeon impeccable, immédiatement suivi d'un silencieux tracé de torpille déjà très inquiétant, qui s'achevait inéluctablement par le déchaînement brutal, régulier et cyclonique de tous les membres parfaitement synchronisés de cet olibrius, qui me frôlait comme un Scud dans un bouillonnement de gouttelettes et d'écume qui ruinait définitivement ma concentration et laissait même la piscine toute bouleversée derrière lui.

Après la piscine, j'allais m'acheter le journal, et il m'arrivait souvent de prendre un petit déjeuner dans un café des environs. Bien qu'il fût parfois midi passé, je commandais en général un de ces petits déjeuners berlinois copieux, avec des charcuteries et des fromages, un œuf à la coque, un jus d'orange, des croissants et

tout un jeu de petits pains délicieux et cro-
quants, au seigle et au froment, au son, aux rai-
sins, réunis dans une corbeille en osier, certains
ronds et fendus tels d'authentiques pistolets,
d'autres petits, briochés, oblongs, façon sandwich, à la mie moelleuse et à la belle robe dorée.
Je prenais des petits déjeuners à peu près à
n'importe quelle heure du jour et de la nuit à
Berlin, aussi bien à l'aube si je ne m'étais pas
couché de la nuit, que le matin très tôt, en fin
de matinée ou à l'heure de l'apéritif (très souvent, je déjeunais d'un simple petit déjeuner).
Un jour qu'il pleuvait et que le café où j'avais
mes habitudes était plein à craquer, plusieurs
personnes continuant à entrer pour se protéger
de l'averse, refermant et secouant leur parapluie
derrière elles sur le pas de la porte, une jeune
femme était entrée qui, après avoir jeté un
rapide regard circulaire en direction de l'arrière-
salle, s'était approchée de ma table d'un air
presque précautionneux et avait fini par désigner prudemment du doigt les deux chaises
vides à côté de moi, sur l'une desquelles reposait
mon sac à dos qui contenait mes affaires de piscine encore mouillées, mon maillot et ma serviette humides, en prononçant rapidement une

longue phrase interrogative en allemand pour me demander si la place était libre. Un peu troublé, j'avais fait oui, non, allez-y, je vous en prie, de la tête, et des mains, à la manière de ces bouddhas aux mille yeux et aux mille bras, les bougeant tous à la fois pour l'inviter à s'asseoir, prévenant, empressé, en retirant mon sac à dos et en déplaçant mes journaux, me recoiffant brièvement, et elle avait pris place à ma table. Je lui avais souri, surpris, flatté, perplexe, j'avais déplacé ma tasse de café et ma petite cafetière vers moi sur le guéridon, j'avais rapproché mon assiette de fromage et de charcuterie pour lui faire de la place. Je m'apprêtais à attaquer mon œuf à la coque, mais rien ne pressait, rien ne pressait. Il n'a jamais été idéal de faire le joli cœur en mangeant un œuf à la coque. Quelle expérience des femmes. Quel sang-froid. J'attendais, ma petite cuillère à la main. J'avais tout mon temps. Elle enleva son foulard en se secouant les cheveux pour les laisser retomber librement sur ses épaules, puis elle se releva pour enlever son trench détrempé, qu'elle alla pendre un peu plus loin à un portemanteau, tandis que je la suivais des yeux, m'attardant pensivement sur la coupe galbée de son pantalon de tergal qui montait très haut et enserrait finement sa taille. Nous n'eûmes pas tellement le temps de poursuivre beaucoup plus avant notre petite aventure car déjà un homme entrait dans le café, très grand et élégant, costaud, en polo noir sous une veste grise, l'air décidé et la chevelure ondulée, dont elle attira l'attention à distance d'un petit coucou rapide et chiffonné des doigts pour lui indiquer ma table à distance, où elle avait trouvé deux places libres. Sans un mot, s'approchant de ma table et tirant sur le pli de son pantalon, l'homme s'assit à côté de moi, inclina rapidement les yeux à mon adresse pour me saluer, et prit la carte, l'ouvrit et commença à l'examiner attentivement. Me déplaçant légèrement sur le côté, je relevai discrètement les yeux vers lui (et, que voulez-vous, j'attaquai mon œuf à la coque).

Un jour que je sortais de la piscine en fin de matinée avec mon sac à dos entrouvert, dans lequel je finissais de ranger ma serviette et mes lunettes de nage, je décidai de rentrer à pied à la maison pour profiter de la belle matinée ensoleillée. Berlin, en ces derniers jours de juillet, me faisait un peu penser à Paris au mois d'août.

Quelques feux de signalisation, çà et là, aux quatre coins d'immenses carrefours déserts et grisâtres, passaient du vert au rouge dans l'indifférence générale, immobilisant parfois quelque
piéton unique, sage et patient, qui faisait preuve
d'un civisme septentrional exemplaire en attendant que le feu passe au vert avant de s'engager
tout seul sur la chaussée. Parfois, davantage par
distraction que par ruse, tout au jeu des petites
réflexions savoureuses et complexes que j'éla-
borais en marchant (je travaillais presque aussi
bien à mon étude en marchant qu'en nageant),
il m'arrivait d'induire ainsi involontairement
quelque vieille dame en erreur, en m'arrêtant
un instant moi-même au feu rouge en face d'elle,
moins pour respecter la convention un peu pué-
rile et tatillonne de la couleur des feux que pour
rythmer un instant ma réflexion, lui donner une
rapide inflexion passagère, avant de repartir
aussitôt d'un bon pas dans l'indifférence la plus
régalienne de la couleur des feux, évidemment,
mais induisant par là même la vieille dame en
erreur, car celle-ci s'engageait alors en même
temps que moi sur la chaussée, par mimétisme,
en quelque sorte, entraînée par mon propre
élan, par ma propre impulsion, ayant interprété

174

à tort mon redémarrage comme le signe indiscutable que le feu était passé au vert. Je traversais ainsi des carrefours au péril de la vie de vieilles dames (s'ensuivaient parfois, rarement, de brusques et stridents coups de freins dans mon dos). De retour chez moi, en entrant dans le vestibule frais et ombré de l'immeuble qui sentait le savon et la pierre mouillée, et dont la lourde porte en fer forgé avait été maintenue ouverte par une petite cale en bois, je m'aperçus que j'avais du courrier, deux lettres et une grande enveloppe matelassée qui n'avait pas pu entrer dans la boîte aux lettres et que le facteur avait laissée en évidence. Je regardai rapidement les deux lettres, des enveloppes vertes sans intérêt à en-tête de la banque, et examinai plus attentivement la grande enveloppe matelassée qui venait d'Italie, et sur laquelle j'avais tout de suite reconnu l'écriture de Delon. Mon sac à dos entre les genoux, j'entrepris de l'ouvrir immédiatement et en sortis plusieurs dizaines de petites feuilles de papier de différents formats, un choix complet des derniers dessins de mon fils. Après avoir lu le mot de Delon dans le hall avec un sourire attendri, je regardai attentivement les dessins de mon fils, les uns après les autres. Magnifique (je ne dis pas ça parce que c'est mon fils). C'était des dessins aux feutres de couleur, pour la plupart, à part un, plus compliqué, qui avait été travaillé avec des matières que je n'arrivais pas très bien à définir, de la confiture peut-être, ou du foie de veau, avec un petit morceau de corn-flakes écrasé qui était resté collé au bas de la feuille. Mon dessin préféré s'appelait *C'est Batman qui se repose*, une allégorie de son père, je suppose. J'étais en train de l'éloigner de mes yeux pour l'admirer à distance, quand une voiture vint se garer tout doucement dans la rue devant chez moi. Je tournai la tête, le *Batman qui se repose* à la main, et je reconnus les Drescher qui revenaient de vacances.

Inge (je continuais d'observer la voiture à distance depuis le hall sans bouger) était toute bronzée, et je la regardai ouvrir la portière et descendre de voiture. Uwe était également bronzé, qui portait un polo estival à manches courtes, avec ses petites lunettes rondes studieuses à montures en écaille. Il avait gardé ses clés de voiture à la main, et, debout sur le trottoir, le pantalon tout froissé par le voyage, il considérait sa voiture d'un air abattu en se demandant comment il allait la décharger. Tout en continuant de les observer du coin de l'œil à distance (j'avais fait un simple pas en arrière pour me réfugier dans l'ombre des boîtes aux lettres), je m'interrogeais sur la marche à suivre à présent, m'esquiver le plus vite possible dans mon appartement, ou, au contraire, aller à leur rencontre sans tarder pour leur faire la surprise de les accueillir à leur descente de voiture. J'optai pour cette dernière solution, et, ressortant de l'ombre, je m'avançai dans l'allée en achevant de ranger les dessins de mon fils dans l'enveloppe matelassée. C'est Inge qui m'aperçut la première, et elle vint aussitôt à ma rencontre à petits pas légers, me prit l'épaule et me fit la bise, un peu gauchement, et nos bouches s'effleurèrent, nos lèvres se frôlèrent un instant. L'espace d'une seconde, Uwe, qui la suivait dans l'allée, parut tenté lui aussi de me faire la bise pour honorer les retrouvailles, mais il se raidit à mon approche, et son élan maladroit et brisé, sitôt réfréné qu'envisagé, joint à ma propre hésitation quand il s'avança à ma rencontre, s'acheva dans une accolade mal ajustée aussi bancale qu'amicale.

Ma grande enveloppe matelassée à la main, j'avais proposé aux Drescher de les aider à décharger leur voiture, et nous regardions tous les trois le coffre ouvert devant nous avec quelque scepticisme. Dans un ordonnancement très précis de sacs et de valises, quelques objets plus petits, divers, hétéroclites, avaient trouvé leur place dans les interstices des bagages, deux raquettes de tennis dans leur étui écossais et vieillot, la sacoche de la caméra vidéo, un jeu de jokari. Me tenant un peu en retrait, je cherchais des yeux quelque objet pas trop lourd que je pourrais porter à mon avantage, de préférence volumineux et léger, une couette dans sa housse, par exemple, et, après avoir déplacé une lourde valise avec soin, je me penchai en avant pour attirer à moi un vieux sac de golf en cuir bleu qui contenait un assortiment de vieux clubs dépareillés. Je le soulevai et le hissai sur mon épaule, et je me mis en route, le sac de golf en bandoulière. Uwe me précédait dans l'allée d'aubépines avec deux énormes valises caricaturalement lourdes, qu'il avait beaucoup de mal à porter d'ailleurs, pleines de livres sans doute (il avait dû relire *Les Thibault* cet été), et Inge marchait à mes côtés, un gros sac en toile et quelques revues à la main, la tête levée sur la façade ensoleillée de l'immeuble. Comme il fait beau, ici, me dit-elle, nous n'avons pas eu cette chance. Vous étiez où ? lui demandai-je, et je ralentis pour la laisser passer la porte la première. Au Zoute, dit-elle. Au Zoute ? dis-je. Au Zoute, dit-elle, vous connaissez ? A Knokke-Le Zoute ? dis-je. Je n'en revenais pas. Les Drescher avaient passé leurs vacances à Knokke-Le Zoute (ils en revenaient à l'instant), où ils avaient loué une grande maison avec piscine dans le quartier résidentiel qui s'étend derrière la digue. C'était un de leurs amis, un homme politique flamand, qui leur avait fait découvrir la côte belge il y a quelques années en les invitant dans sa villa, m'expliqua Uwe, et, depuis, ils y retournaient chaque année, ayant pris goût aux agréments de la station, la thalassothérapie à La Réserve, les promenades, le tennis et le golf. Ils avaient, cette année, où il avait tant plu, malheureusement, continuait Uwe, un peu essoufflé, qui s'était arrêté dans le hall pour ouvrir sa boîte aux lettres et prendre son courrier, emporté de gros pulls et des K-way et fait de longues randonnées en VTT dans la campagne flamande, ayant même poussé l'excursion jusqu'à Bruges, par les petites routes départementales, en longeant les canaux et les chemins de halage, cela avait été une balade formidable, me disait-il, et il se remit en route, commença à s'engager devant moi dans les escaliers, ils n'avaient pas eu à le regretter, ils avaient fait cela tous les deux, accompagnés d'un simple député européen portugais et de son épouse (ah, oui, cela devait être bien, dis-je). Arrivé dans son appartement, Uwe lâcha les deux grosses valises sur la moquette de l'entrée en amplifiant son geste plutôt que d'essayer de l'amortir, et, ressortant aussitôt, il redescendit chercher les dernières valises dans la voiture, tandis que Inge entrait dans l'appartement et posait son sac dans l'entrée. Elle alla ouvrir la porte du bureau de Uwe, et je la suivis dans la pièce, nous fîmes pensivement le tour du bureau ensemble sans rien dire. Puis, comme elle allait ouvrir la porte du balcon, je préférai prendre les devants et lui annonçai à voix basse que les semis de marguerites avaient souffert d'un petit coup de chaud et qu'ils n'avaient malheureusement pas tenu le coup, qu'ils étaient morts. Elle ne parut pas trop affectée par cette triste nouvelle, et se contenta de hocher la tête d'un air compatissant à la mémoire des pauvres semis, en passant un doigt rêveur sur la terre desséchée de la jardinière. Je demeurais sans bouger à côté d'elle sur la terrasse, et je la regardais, un peu mal à l'aise (elle me regarda, elle aussi, furtivement). Je m'étais accoudé à côté d'elle au balcon, le sac de golf en bandoulière, nous étions côte à côte, ses cheveux volaient un peu au vent, qui venaient m'effleurer le visage.

Uwe, en contrebas, que nous regardions décharger la voiture, venait de sortir les deux dernières valises de la voiture et, refermant le coffre à clé, il s'engagea en dessous de nous dans l'allée d'aubépines. Devant se sentir observé, il releva la tête, les deux mains prises par les valises, et nous fit un petit coucou crispé du menton en nous apercevant côte à côte au-dessus de lui au deuxième étage de l'immeuble. Je lui rendis son salut aussitôt, en bougeant à peine la main, comme on le fait en général du haut des balcons pour répondre aux acclamations de la foule. Au bout d'un moment, beaucoup plus court que prévu en réalité (jamais je n'aurais imaginé qu'il monterait aussi vite deux étages avec deux valises aussi lourdes), il apparut sur le balcon pour nous rejoindre, tout essoufflé, très calme, le regard fixe et sombre, une main dans la poche, et alla se placer tout près de Inge sur la terrasse, la prenant discrètement par la taille. Puis, comme nous ressortions pour passer au salon, Uwe nous précédant dans le couloir parmi toutes ces plantes vertes dont j'avais eu la charge, je constatai avec plaisir combien le yucca avait magnifiquement passé l'été, et Inge le remarqua aussi, apparemment, qui lui flatta discrètement la hampe au passage en lui murmurant quelque petite amabilité canaille en allemand. Nous prîmes place dans le salon (je me débarrassai du sac de golf, que je déposai contre le mur, avec soin, à deux mains, voilà, pour ne pas qu'il glisse et tombe par terre). Inge, qui s'était assise à côté de moi dans le canapé, tira sur les pans de sa jupe et me sourit. Elle semblait ravie de se retrouver chez elle parmi toutes ses plantes, et, regardant le salon autour d'elle, très maîtresse de maison, elle me dit en souriant qu'elle n'avait malheureusement rien à nous offrir à boire car ils venaient tout juste de rentrer, quand, réfléchissant, se posant un doigt sur la tempe, elle se rappela qu'il devait toujours

rester une bouteille de Sekt dans le réfrigérateur. Je vais la chercher, dit-elle en se levant
joyeusement. Non ! Non, m'écriai-je, et je la
retins par le bras pour l'empêcher de faire un
pas de plus. Relâchant son bras aussitôt, me res-
saisissant, je dis que ce n'était pas la peine
d'ouvrir une bouteille de Sekt, que je n'avais
pas soif (il venait de me traverser l'esprit que le
pot de fougère était resté dans le réfrigérateur).

Les Drescher me dévisagèrent un instant,
mon cri avait jeté un froid évidemment. Inge
s'était rassise, lentement, sur le bord du canapé,
en décomposant presque son geste. Uwe, après
un long silence pendant lequel il était resté dou-
loureusement pensif, releva les yeux vers moi et
me regarda avec un mélange de grande attention et de curiosité préoccupée. Vous n'avez pas
soif ? me dit-il. Non, non, vraiment, c'est gentil,
dis-je en bougeant rapidement la main devant
moi en signe de refus (qu'est-ce que cela devait
être quand j'avais soif). Uwe finit par se lever,
toujours préoccupé, et fit quelques pas dans la
pièce, s'arrêta devant le sac de golf et toucha les
fers, les fit tourner très lentement sur eux-
mêmes. Il se retourna et me regarda de nouveau

pensivement. Je sentais que mon explication ne l'avait convaincu qu'à moitié. Non, il devait soupçonner autre chose, une blessure cachée sans doute, quelque faille plus secrète, liée à l'alcool peut-être, puisque c'était le fait de me proposer de l'alcool qui avait été à l'origine de mon éclat. Peut-être était-il en train d'imaginer que j'avais eu un petit problème avec l'alcool dans le passé, et que, maintenant, ayant arrêté de boire, je m'étais senti en danger quand il avait été question d'ouvrir une bouteille de Sekt, ce qui aurait expliqué la violence maladroite de mon geste de refus. Enfin, je ne sais pas, on se demande parfois ce que les gens vont chercher (la réalité, une fois de plus, était beaucoup plus simple : j'avais tout simplement oublié une fougère dans le frigo de mes voisins du dessus).

Et, toujours assis dans le canapé des Drescher, silencieux et pensif, je cherchais un moyen simple et discret de me rendre dans la cuisine pour aller retirer la fougère du réfrigérateur sans attirer leur attention. Je finis par me lever, mis une main dans la poche de mon pantalon (ils durent croire que j'allais partir), et je leur demandai si je pouvais me rendre aux toilettes.

J'ajoutai aussitôt, comme si cela allait de soi, pour minimiser ce que ma requête pouvait avoir de saugrenu, que c'était simplement pour aller faire pipi, rien de plus, évidemment. Les Drescher me regardèrent m'éloigner, stupéfaits, sans répondre, et je me dirigeai lentement vers les toilettes, ma main dans la poche un peu crispée le long de ma cuisse (je sentais que je m'enfonçais de plus en plus). Arrivé aux toilettes, je refermai vivement la porte derrière moi, et je demeurai attentif derrière la porte, l'oreille à l'écoute, à guetter les moindres bruits dans l'appartement. J'entendais les Drescher qui parlaient à voix basse dans le salon, de moi sans doute, je me mettais à leur place. Puis, n'entendant plus rien, si ce n'est des bruits très éloignés, de valises qu'on vide peut-être, ou de portes d'armoire qu'on ouvre et qu'on ferme, je me décidai à ouvrir la porte tout doucement pour gagner discrètement la cuisine, mais, à peine l'avais-je entrouverte que je la refermai aussitôt précipitamment, venant d'apercevoir la silhouette de Uwe dans le couloir qui se dirigeait vers moi avec une valise pour aller la ranger dans le débarras à côté de la buanderie. Je ne sais pas s'il avait remarqué mon petit manège,

185

ma brusque et inepte ouverture et fermeture de porte, une, deux, comme un fugace battement d'aile de papillon, mais je songeai que j'étais complètement cerné à présent, Inge se trouvant dans le salon et Uwe de l'autre côté, dans la buanderie. Je fermai la porte à clé, à double tour (comme ça, j'étais tranquille). Je me dirigeai vers la cuvette du cabinet, et j'ouvris la petite lucarne qui donnait sur la cour intérieure de l'immeuble. Je l'entrouvris à peine, suffisamment pour apercevoir l'ombre de Uwe en mouvement dans l'encadrement de la fenêtre de la buanderie. L'ombre disparut de la fenêtre, et, simultanément, j'entendis les pas de Uwe revenir dans le couloir. Les pas ralentirent de l'autre côté de la porte des toilettes, s'arrêtèrent, et j'entendis alors frapper tout doucement à la porte, trois petits coups hésitants, immédiatement suivis de la voix de Uwe, prudente, inquiète, interrogatrice : Tout va bien ? me dit-il.

Je suis là ! criai-je, je suis là ! et je me tus. Ma réponse dut le satisfaire, car au bout d'un moment j'entendis les pas s'éloigner dans le couloir. J'étais retourné sur la pointe des pieds jusqu'à la porte, et je m'étais penché contre la paroi pour écouter. Peut-être Uwe était-il revenu sur ses pas lui aussi, et écoutait-il également de l'autre côté, debout à la porte dans le couloir, en se tournant vers Inge de temps à autre pour lui faire à distance des petits signes d'ignorance et d'impuissance. Je ne sais pas. J'allai m'asseoir sur le rebord de la baignoire pour faire le point. Lorsque j'avais ouvert la petite lucarne, quelques instants plus tôt, j'avais constaté qu'il était possible de rejoindre la cuisine en passant par la fenêtre de la salle de bain, cela ne présentait en principe aucun danger, moins d'un mètre séparait les deux rebords de fenêtre, il y avait une gouttière le long de la façade pour se retenir pendant le passage du gué, et même une petite balustrade à l'arrivée à laquelle on pouvait s'agripper. Le tout était de savoir si la fenêtre de la cuisine était ouverte. Je rouvris la lucarne, et, m'agenouillant sur la cuvette du cabinet, passant le bras dans le vide, j'exerçai une petite pression sur le carreau de la fenêtre de la cuisine, qui finit par s'ouvrir. Aussitôt, grimpant sur la cuvette, je sortis par la fenêtre de la salle de bain, et me retrouvai sur le rebord, debout au bord du vide. Collé au mur, les deux mains accrochées à la gouttière, je ne bougeais plus, je n'osais plus ni avancer ni reculer (j'avais jeté un regard furtif à mes pieds, et j'avais aperçu la cour en contrebas où étaient alignées les poubelles). Au point où j'en étais, cependant, il n'était pas foncièrement plus difficile d'avancer que de reculer, et je finis par faire un demi-pas de profil pour enjamber le petit mètre de vide qui me séparait de la fenêtre de la cuisine, évitant au dernier moment de mettre le pied sur le pot en terre cuite posé sur le rebord de la fenêtre, dans lesquel, aperçus-je au passage, croupissaient encore quelques résidus de persil et de basilic qui n'avaient pas été arrosés de tout l'été (cela allait encore être de ma faute : il faut dire que c'était la première fois que je passais par là depuis le début de l'été).

J'escaladai la petite balustrade, et je sautai dans la cuisine, m'époussetai rapidement le ventre et les cuisses avec les mains. Puis, sans perdre de temps, je m'avançai à pas de loup jusqu'au réfrigérateur, ouvris la porte sans faire de bruit, et je sortis la fougère, que j'allai poser sur le bord de l'évier. Rapidement, je passai une main négligente parmi ses frondes pour leur redonner un peu de forme et de volume, comme on met la dernière main à une coiffure de mode, on arrange un bouquet de fleurs, puis, de la même manière, je retournai la terre autour de la tige, grattai et travaillai rapidement le terreau du doigt, quand j'entendis des pas dans le couloir. Je n'eus que le temps de me retourner et de me cacher les mains derrière le dos, que Uwe entrait dans la cuisine, me demandant une nouvelle fois si tout allait bien. Je lui expliquai que je m'étais permis de venir me laver les mains dans la cuisine en sortant des toilettes. Hochant la tête pensivement, il me demanda si je voulais une serviette. Non, non, vous êtes gentil, lui dis-je, ce n'est pas la peine. Je lui souris, sans bouger, les mains toujours derrière le dos, frottant discrètement mes doigts les uns contre les autres pour faire disparaître les dernières traces de terre compromettantes qui subsistaient dessus depuis que je les avais mis dans la motte. Mes épaules devaient bouger imperceptiblement, et Uwe me regardait fixement, essayant de deviner ce que j'étais en train de foutre. Il alla boire un verre d'eau à l'évier, et, comme je me décalais pour le laisser passer, il découvrit le pot de fougère sur le bord de l'évier. Il le regarda distraitement en remplissant son verre. Puis, ayant

189

sans doute remarqué qu'il n'était pas à sa place dans la cuisine, il le prit avec lui pour le rapporter dans le salon.

Nous avions à peine quitté la cuisine pour rejoindre le salon que Uwe, le pot de fougère à la main, s'éclipsa un instant pour se rendre aux toilettes, enfin, voulut s'y rendre, mais la porte résista, il ne parvint pas à entrer. Il insista, la main sur la poignée, poussant un peu plus fort, mais ne parvint pas à l'ouvrir. Je m'étais arrêté dans le couloir et je le regardais faire. Voilà qui était singulier. Je lui demandai s'il voulait que je l'aide, que je lui tienne un instant sa fougère. Il me donna le pot, et, se penchant un instant sur la porte pour examiner attentivement la serrure et le cramponnet, il poussa de nouveau sur la poignée, sans résultat. Voulez-vous que j'essaye ? lui dis-je, en lui rendant le pot, et j'essayai à mon tour d'ouvrir la porte, je saisis la poignée en la soulevant légèrement et poussai fort, d'un petit coup sec, mais rien à faire, elle ne s'ouvrait pas. On dirait qu'elle est fermée à clé, dis-je. Je frappai tout doucement. Il y a quelqu'un ? dis-je. Pas de réponse. Uwe me regardait. Mais vous y étiez à l'instant ? me dit-il. Oui, mais je n'y suis plus, vous voyez bien, dis-je. Il avait de ces arguments, parfois. Inge nous rejoignit dans le couloir au bout d'un instant, et, mise au courant de la situation, elle essaya à son tour d'ouvrir la porte, se plaçant de profil par rapport au montant, et, posant une main à plat sur le battant et l'autre sur la poignée, les lèvres serrées, elle poussa un coup sec vers le haut, mais ne parvint pas davantage à l'ouvrir. C'est incroyable, dit-elle. Bon, allez, je vous laisse, dis-je. Vous partez ? dit-elle. Oui, je vais vous laisser défaire tranquillement vos valises, dis-je.

Quelques semaines plus tard, un soir du mois d'août où je lisais à la maison, je reçus un coup de téléphone de John Dory, qui me demandait si j'avais prévu de faire quelque chose le lendemain matin. Une amie à lui, une de ses étudiantes, lui avait proposé de faire un petit tour en avion au-dessus de Berlin, et John s'était demandé si cela m'amuserait de me joindre à eux. La jeune fille, m'expliquait-il, une étudiante en français, sympa et qui faisait du karaté (John, décidémment, rencontrait toujours partout de ces gens invraisemblables), avait son brevet de pilote et était prête à prendre deux passagers à bord de son Cessna, ou de son Piper, il ne savait pas très bien, nous pouvions voler avec elle le lendemain si nous le désirions, et si le temps le permettait. J'acceptai la proposition volontiers, et je pris rendez-vous avec John le lendemain matin sur le quai de la station de S. Bahn Alexanderplatz. Quand je me réveillai, le lendemain matin, je me préparai exactement comme d'habitude, comme si j'allais me mettre au travail. Je pris mon petit déjeuner en écoutant les informations de sept heures à la radio, et, quand, déjà habillé et sur le point de partir, passant par mon bureau pour prendre quelques affaires, je vis la magnifique lumière du lever du soleil qui enrobait ma table de travail et rasait le plancher de la pièce dans le petit matin, j'eus soudain un pincement au cœur à l'idée de devoir renoncer à travailler aujourd'hui. Il en allait toujours ainsi, d'ailleurs, moins l'obligation s'en faisait sentir, plus certaine, même, devenait l'impossibilité dans laquelle j'allais me trouver de pouvoir travailler, plus j'en avais l'envie et m'en sentais capable, comme si, la perspective du travail s'éloignant, celui-ci se dépouillait soudain de toutes ses potentialités de souffrances et se parait simultanément de toutes les promesses d'accomplissement à venir. Je quittai l'appartement, songeur, et, descendant les escaliers le cœur léger, je continuais à penser ainsi à mon travail comme à une éventualité délicieuse et lointaine, un peu vague et abstraite, rassurante, que seules les circonstances, malheureusement, m'empêchaient de mener à bien pour l'instant.

Je retrouvai John sur le quai de la station de S. Bahn Alexanderplatz et, après un trajet de près de trois quarts d'heure dans la banlieue de Berlin, assis à l'arrière d'une vieille rame de métro rouge et crème presque vide, nous descendîmes du train à la station de M. Il n'y avait qu'un employé sur le quai absolument désert, qui regagna lentement sa cabine, son drapeau rouge et son talkie-walkie à la main. Nous quittâmes la station et nous retrouvâmes au milieu d'une immense avenue aux allures indiscutablement moscovites, où, çà et là, parmi des terrains vagues bosselés, s'élevaient des concentrations d'immeubles uniformément gris. Il n'y avait pas un être humain à plusieurs kilomètres à la ronde, pas un kiosque à journaux, pas un commerce, pas de café, pas d'école. Pas un chat, pas un skin. Rien. De chaque côté de l'unique voie de tramway qui traversait cette immense zone urbaine absolument déserte, des câbles de lignes électriques s'étendaient à l'infini, qui se rejoignaient à l'horizon. L'avenue, tous les cinquante mètres environ, était coupée à angle droit par des petites allées bétonnées qui aboutissaient aux parkings strictement réglementés des blocs d'immeubles, où un petit nombre de voitures étaient garées sagement les unes à côté des autres en ce dimanche matin. John et moi marchions côte à côte sur le trottoir de cette immense avenue déserte, vers l'est, nous semblait-il, vers le nord-est (dans un quart d'heure, on serait à Rostock, dans vingt minutes, à Vladivostok), nous arrêtant à chaque carrefour pour essayer de nous repérer, avant de finir par trouver la Rilkestrasse. Au bout de cette Rilkestrasse, simple allée en cul-de-sac qui donnait elle aussi dans le vide sidéral de la Gagarine Allee, nous commençâmes à chercher le bloc D, où habitait Ursula, l'étudiante de John, en errant au hasard devant les entrées des immeubles, au début ensemble, John et moi, côte à côte, puis séparément, nous aventurant chacun de notre côté parmi ces blocs de béton identiques que différenciaient seulement, çà et là, quelques lettres grisâtres passées qui avaient été peintes au pochoir à côté des entrées, un E fantomatique, les dernières traces erratiques d'un F à demi-effacé. Enfin, au détour d'une rangée de poubelles alignées dans une cour, je finis par tomber sur les dernières traces lisibles d'un D (nous y étions, Champollion). J'appelai John, et nous passâmes l'entrée de l'immeuble, une simple ouverture de béton sans porte que nous enjambâmes, évitant quelques planches en épis qui barraient le passage, divers débris jonchant le sol, des morceaux de bois, des canettes de bière écrasées qui marinaient dans des flaques louches d'urine et de bière mêlées à vous soulever le cœur. La rangée de boîtes aux lettres avait été arrachée et gisait par terre à la renverse, l'une d'elles, isolée, aban-donnée contre le mur, regorgeait de courrier, d'imprimés et de prospectus qu'on avait conti-nué d'y faire entrer comme si on avait voulu la gaver de publicité. Nous regardions autour de nous, un peu désemparés, il n'y avait pas de noms sur les boîtes aux lettres, aucune liste de locataires, pas de loge de gardien, guère d'appariteurs. John, heureusement, avait tout noté sur son petit papier et me dit qu'Ursula habitait au quatrième étage, appartement 438. Nous passâmes la porte et nous engageâmes dans la cage d'escalier, une vaste cage d'escalier en béton brut qui s'ouvrait à intervalles réguliers sur d'étroites meurtrières qui donnaient en contrebas sur le parking, et nous montions ainsi l'un derrière l'autre, ne pouvant nous empêcher de sourire (cela avait l'air gentil, chez elle).

Au quatrième étage, devant une porte intacte, presque neuve et avec un œilleton, nous examinâmes un instant le nom collé au-dessus de la sonnette : Schweinfurth. Schweinfurth, oui, c'était bien ça. La jeune fille s'appelait Schweinfurth. John sonna. Au bout d'un moment, nous entendîmes des pas dans l'appartement. Un garçon de quatorze, quinze ans, le jeune Schweinfurth, j'imagine, en survêtement, les pieds dans de grosses chaussettes grises mouchetées, nous ouvrit la porte et nous introduisit dans un intérieur sombre, nous faisant attendre dans une salle à manger aux murs recouverts de papier peint, avec une belle table en bois cirée et des housses en plastique transparent sur les chaises, une grande armoire vitrée qui contenait une collection de poupées folkloriques de taille réduite, des mignonnettes d'alcool vides et quelques napperons brodés. Un peu plus loin, dans le salon qui jouxtait la salle à manger, deux personnes étaient en train de regarder la télévision dans la pénombre d'un jour sale, en robe de chambre et en pantoufles, qui relevèrent à peine les yeux vers nous quand nous entrâmes. Les rideaux étaient presque complètement fermés dans la pièce, seule une raie de lumière blanchâtre provenait du dehors, qui venait mêler sa grisaille au spectre lumineux et tremblotant du téléviseur allumé. Nous attendions sagement dans la salle à manger, John et moi, regardant le sol ou le plafond, nous approchâmes de l'armoire vitrée pour jeter un coup d'œil sur les poupées. Cela sentait un peu le beurre cuit et l'aigre dans cet appartement, la transpiration, le survêtement tiède. Le jeune garçon, le frère d'Ursula sans doute, avait disparu chercher sa sœur dans sa chambre (Die Franzosen ! avait-il hurlé dans le couloir), et la dame qui regardait la télévision dans le salon, et qui devait être leur mère, s'était tournée vers nous pour nous considérer. Nous lui avions souri, avions incliné la tête à distance pour la saluer. Très polis, en tout cas, ces officiers français, dut-elle penser. Après avoir réajusté sur sa poitrine sa robe de chambre en mousseline synthétique bleuâtre (sans doute pour ne pas faire trop mauvaise impression sur les amis de sa fille), elle nous regarda de nouveau et nous demanda si nous voulions boire un café en attendant Ursula. John, incorrigible, qui ne parvenait jamais à résister à l'appel du monde et des mondanités, au lieu de décliner son offre poliment et de continuer à attendre là bien sagement dans l'antichambre à côté des poupées, accepta volontiers, et, pivotant sur lui-même, fit même aussitôt un pas louvoyant en direction du salon pour entrer mine de rien dans la pièce et se rapprocher du téléviseur. Sans perdre l'écran des yeux, il se laissa glisser en douceur sur le bras du canapé, à côté de monsieur Schweinfurth, qui se tourna vers lui et le considéra un instant avec surprise. Au bout d'un moment, j'allai rejoindre John dans la pièce, entrai à mon tour dans le salon, discrètement, sans faire de bruit, comme on entre dans une chapelle pendant l'office, passai discrètement devant monsieur Schweinfurth en me glissant entre ses genoux et la table basse pour aller m'asseoir un peu à l'écart sur une chaise, et je me mis à regarder la télévision avec eux, les mains croisées sous le menton, un documentaire qui faisait alterner des images d'archives et des interviews récentes de cheminots (cela faisait plus d'un mois, maintenant, que j'avais arrêté de regarder la télévision).

Madame Schweinfurth, au bout d'un moment, revint dans la pièce avec le café. Sur un pâle plateau en plastique bleuté, décoré d'une reproduction de nature morte aux couleurs pastel, avaient été disposés une bouteille thermos revêtue de son survêtement écossais, un berlingot de lait un peu déformé, du sucre, une boîte de biscuits, ainsi qu'une poignée de petites cuillères jetées en vrac sur le plateau. Le service à café, disparate, hétéroclite, était composé de deux tasses en plastique rouge, type verres à dents, deux autres, en plastique crème, et un beau bol blanc en porcelaine, que je me mis vaguement à convoiter, tout en me penchant en avant pour faire de la place sur la table afin de permettre à madame Schweinfurth de déposer son plateau. Me remerciant du regard, madame Schweinfurth dévissa le couvercle du thermos et commença à nous servir de café, John et moi d'abord (dans les verres à dents), puis son mari (dans le beau bol que j'avais convoité), versant d'égales quantités de café et de lait dans les tasses, et nous laissant nous servir nous-mêmes de sucre, chacun ayant en la matière ses petites habitudes immémoriales. Je la regardais faire (oh, elle ne devait pas avoir beaucoup plus de quarante-cinq ans, cette vieille dame). Quand elle eut servi tout le monde, madame Schweinfurth alla se rasseoir, referma avec soin les pans de son peignoir sur ses cuisses et sur sa poitrine et releva posément la tête vers le téléviseur. Nous avions chacun nos verres à dents à la main, et personne ne disait rien dans ce salon, même les cheminots s'étaient tus (monsieur Schweinfurth avait changé de chaîne et nous avait trouvé un bon petit film sur Sat 1).

Madame Schweinfurth, toujours prévenante, très maîtresse de maison, regardait de temps en temps si rien ne nous manquait, nous proposait un biscuit, nous resservait de café. Je m'étais soulevé du canapé pour choisir un biscuit dans la grande boîte en fer-blanc qu'elle m'avait présentée, et, la remerciant du regard, je lui souris avec gêne. Puis, continuant à nous sourire ainsi poliment, nous entreprîmes de hocher la tête pensivement, et, finalement, à court d'arguments, un vestige de sourire demeurant encore sur nos lèvres comme un témoignage de notre ancienne béatitude, nous retournâmes nous réfugier dans la contemplation moins périlleuse de l'écran du téléviseur. Lorsque j'eus fini mon café, je reposai mon verre à dents sur le plateau en plastique et, me penchant discrètement vers John, je lui demandai à voix basse s'il était sûr qu'elle habitait bien ici, Ursula. Parce que, sinon, on pouvait peut-être y aller, non (moi, j'avais fini mon café). John, impassible sur le bras de son canapé, tout en gardant un œil sur l'écran, sortit le petit papier de la poche de sa veste où il avait noté l'adresse d'Ursula, et me le montra à distance d'un air résigné : Ursula. Rilkestrasse 14. Blok D. Wohnung 438. Je finis par me lever (j'en avais un peu marre d'être là), et je fis quelques pas dans le salon, ramassai un vieux magazine de télévision qui traînait sur un

201

meuble et commençai à le feuilleter dans la pièce. Debout à la fenêtre, je tournais distraitement les pages devant moi, m'arrêtai un instant sur les programmes d'aujourd'hui pour voir ce que nous étions en train de regarder. Malibu, voilà. Mit David Hasselhof (Mitch Buchanon), Alexandra Paul (Stephanie Holden), Pamela D. Anderson (C. J. Parker), Nicole Eggert (Summer Quinn), Kelly Slater (Jimmy Slade), David Charvet (Matt Brody), Gregory Alan-Williams (Garner Ellerbee), Richard Jaeckel (Ben Edwards), Susan Aton (Jackie Quinn). C'était là une façon doublement intelligente de regarder la télévision, me semblait-il, non seulement avoir une connaissance approfondie du programme qu'on avait sélectionné, mais, en plus, ne pas le regarder.

J'avais refermé le magazine, que j'avais été reposer sur le meuble où je l'avais trouvé, et j'étais retourné à la fenêtre du salon en attendant l'arrivée d'Ursula. La cour, en contrebas, était déserte, il y avait un vieux matelas retourné contre un mur, et un vélo abandonné un peu plus loin, qui reposait contre la façade d'une cabine à haute tension, sur le béton de laquelle

quelques raccords de ciment en forme de traînées de bave d'escargot attendaient d'être
repeints de façon plus académique. Un bloc
d'immeubles, en face de nous, était si proche
qu'on pouvait voir les téléviseurs allumés dans
les différents appartements qui nous faisaient
face. Je regardais tous ces téléviseurs allumés
dans les petits encadrements métalliques des
fenêtres, et je pouvais même voir assez distinc-
tement ce que chacun était en train de regarder
dans les différents appartements, ceux qui
regardaient la même série que nous et ceux qui
en avaient choisi une autre, ceux qui regardaient
l'aérobic et ceux qui regardaient la messe domi-
nicale, ceux qui regardaient le cyclo-cross et
ceux qui avaient choisi une émission de télé-
achat, et je songeais avec effarement que nous
étions dimanche matin, qu'il était un peu plus
de neuf heures et qu'il faisait très beau.

Et c'est alors que, continuant de regarder distraitement tous ces téléviseurs allumés aux fenêtres de l'immeuble d'en face, je fus frappé par
la présence d'un téléviseur allumé tout seul dans
un salon désert, nulle présence humaine ne se
laissait deviner près de lui dans la pièce, un télé-

viseur fantôme, en quelque sorte, qui diffusait des images dans le vide d'un salon sordide au quatrième étage de l'immeuble d'en face, avec un vieux canapé gris qui se devinait dans la pénombre de la pièce. Le téléviseur diffusait la même série américaine que celle que nous regardions nous-mêmes chez les Schweinfurth, de sorte que, debout à la fenêtre du salon, l'image et le son de la série américaine me parvenaient simultanément, quoique par des canaux distincts, quasiment stéréophoniques, j'avais l'image devant moi, toute petite et lointaine, sur le gros écran bombé de ce téléviseur allumé au quatrième étage de l'immeuble d'en face, et le son dans mon dos, qui résonnait dans le salon des Schweinfurth. Lorsque, finalement, je déplaçai mon regard vers une autre fenêtre, le son ne changea pas derrière moi, c'était toujours les mêmes voix de doublage en allemand de la série américaine que nous regardions qui me parvenaient (c'est monsieur Schweinfurth qui avait la télécommande, et je n'avais nullement l'intention d'aller lui disputer son sceptre), mais à ce son imposé je pouvais ajouter les images de mon choix et me composer le programme que je voulais, je n'avais qu'à laisser glisser mon regard de fenêtre en fenêtre pour changer de chaîne, m'arrêtant un instant sur tel ou tel programme, telle série ou tel film. La vue et l'ouïe ainsi écartelées entre des programmes des plus contradictoires, je continuais de changer de chaîne au hasard des fenêtres de l'immeuble d'en face, un peu machinalement, passant d'un écran à un autre d'un simple déplacement des pupilles le long de la façade, et je songeais que c'était pourtant comme ça que la télévision nous présentait quotidiennement le monde : fallacieusement, en nous privant, pour l'apprécier, de trois des cinq sens dont nous nous servions d'ordinaire pour l'appréhender à sa juste valeur.

Enfin, du bruit se fit entendre dans le couloir et Ursula apparut dans le salon. Je lâchai le rideau et me tournai vers elle. Elle pouvait avoir une vingtaine d'années, elle était pieds nus, le regard dur, les cheveux noirs courts et pas coiffés. Elle resta debout un instant devant moi dans le salon, le visage incliné vers le bas, les yeux posés sur le téléviseur. Elle n'était pas très réveillée, son visage était encore tout embrumé de sommeil. Elle finit par bâiller, tourna lentement sur elle-même dans le salon en s'étirant d'un bras. Tu veux un café, Ursula ? lui demanda sa mère. Non, non, je pilote, dit-elle. Pas d'excitants. Elle portait un pantalon de cuir noir et un petit haut blanc à bretelles étonnamment fragile, sous lequel se devinaient le bout ombré de ses seins. Je regardai un instant ses seins à distance qui pointaient sous la fine pièce de tissu, un peu troublé, puis, ne sachant plus que faire de mon regard, le laissant courir distraitement dans le salon, j'allai me rasseoir et me remis à regarder la télévision (par pénitence).

Dans la voiture qui nous conduisait à l'aéroport, nous ne disions rien. Ursula, qui conduisait en silence, vêtue d'un blouson d'aviateur à col en mouton retourné, bâillait de temps en temps, et John, assis à côté d'elle, étudiait distraitement le contenu de la boîte à gants, un sachet de tabac à rouler, quelques cartes de navigation, une grosse paire de chaussettes en laine roulée en boule. Il finit par dénicher un journal et le déploya devant lui sur son siège avec une expression d'aise intense, l'épaule brièvement parcourue d'un frisson de bien-être (même en voiture, il trouvait le moyen de lire, John, je ne sais pas s'il avait pensé à apporter un livre pour l'avion). Cela faisait près d'une demi-heure maintenant que nous roulions sur une route de campagne déserte, nous avions quitté toute architecture urbaine depuis longtemps, d'immenses champs de betteraves s'étendaient de chaque côté de la route. De temps en temps, nous croisions quelque tracteur au loin, un couple de paysans qui traversaient la route avec un lourd cheval de trait, et je commençais à me demander où nous allions ainsi, s'il était encore en Allemagne, le terrain d'aviation (mais, pour être en Allemagne, il était en Allemagne).

Ancien aéroport militaire nazi, zone militaire secrète du temps des Soviétiques, sa silhouette massive apparut soudain au détour de la route, entièrement cernée d'une muraille de pierres brutes, rehaussée de barbelés et de chevaux de frise, avec çà et là, tous les dix mètres environ, des tourelles de miradors. Une petite route silencieuse menait à l'entrée principale, grillagée, électrifiée, avec une barrière et des panneaux interdisant l'accès en plusieurs langues, en russe, en allemand. Lorsque la voiture s'arrêta devant la barrière, Ursula descendit à moitié la vitre de sa portière pour présenter au

vigile de faction la carte plastifiée de son aéro-
club sur laquelle apparaissait sa photo dûment
tamponnée, et nous entendîmes les aboiements
furieux d'une dizaine de chiens-loups enfermés
dans des cages, qui, hors d'eux, se jetaient
rageusement sur les barreaux pour essayer de
les mettre en pièces. Un jeune type, vaguement
en uniforme, un peu débraillé, avec un chien
zigzagant qui tirait sur sa laisse, une veste militaire et des rangers, vint se pencher à la fenêtre.
Il regarda à l'intérieur de la voiture, nous dévisagea avec un regard inquisiteur déplaisant.
C'est des amis, dit Ursula, en nous désignant du
menton. Le chien, au son de sa voix, se mit à
aboyer en se jetant vers la voiture, et c'est tout
juste si le vigile ne lui donna pas un coup de
rangers dans la gueule pour le faire taire. Il alla
ouvrir la barrière, désinvolte, et fit un beau sourire ivre et édenté à Ursula au moment où la
voiture passa le barrage.

Lentement, parmi des panneaux qui limitaient
strictement la vitesse à trente kilomètres-heure,
et d'autres, plus terrifiants encore, qui interdi-
saient l'accès de tel ou tel bâtiment sous peine
de mort par électrocution, nous roulions dans

un parc désert, abandonné, parmi des fantômes de SS et d'officiers soviétiques, parmi des baraquements en ruine, croulants sur place, pourris et humides, vermoulus, verminés, les vitres cassées, ouverts aux quatre vents, avec des traces de peinture de camouflage vertes et brunes qui demeuraient sur les murs des baraquements, anciens dortoirs et cantines, mess d'officiers nazis, salle de réunion de l'état-major soviétique. Un Mig, renversé dans l'herbe, la silhouette profilée, pointue, grand oiseau cassé, agenouillé par terre, une aile brisée en deux, était abandonné au milieu d'une allée à côté des épaves de quelques camions bâchés, d'un groupe électrogène abandonné dans l'herbe. Il n'y avait pas un bruit, des petits oiseaux chantaient dans les allées. Nous roulions lentement en direction de la piste principale, quand, ralentissant de nouveau, presque au pas, la voiture traversa en cahotant les rails d'un passage à niveau sommaire. Sur la droite, au fond de cette voie de chemin de fer sans issue, un grand porche de brique se dressait, lugubre, qui ne menait nulle part et que la voie de chemin de fer traversait en son centre. Nous roulâmes encore quelques centaines de mètres dans l'enceinte du camp militaire. Tout au long des allées se dressaient d'autres baraquements sordides, d'autres bunkers désaffectés, des blockhaus écroulés, amas de pierres et de végétation mêlés, mauvaises herbes et caillasse, où avaient été abandonnés quelques objets métalliques corrodés, des soupapes, un train d'atterrissage chromé, deux pipes d'échappements rouillées, et c'est alors, comme nous continuions de rouler ainsi en silence dans les allées du camp, que, au détour d'une allée, nous débouchâmes soudain sur les pistes, des dizaines de kilomètres d'étendues désertes, boisées au loin, avec des balises et des drapeaux rouge et blanc qui battaient au vent, la piste principale coupant le terrain d'aviation d'est en ouest. Une petite tour de contrôle avait été maintenue en état de marche pour faire décoller les deux ou trois avions de tourisme qui décollaient d'ici le week-end, et des radars tournaient inexorablement sur le toit de l'édifice, une petite tour vitrée à deux étages au sommet de laquelle on accédait par un escalier métallique très raide, qui montait en colimaçon le long de la façade.

Nous nous engageâmes lentement en voiture sur la piste, roulâmes quelques centaines de mètres sur le tarmac désert, et finîmes par nous arrêter devant un hangar abandonné, à la porte duquel se tenait un homme qui nous regarda nous garer. Ursula descendit de voiture et alla le saluer, nous la vîmes enlever ses gants pour lui serrer la main. Ils échangèrent quelques mots, et, comme nous sortions de la voiture pour aller les rejoindre, Ursula nous présenta à Safet, le mécanicien, un type d'une quarantaine d'années, un peu empâté et huileux, qui reprit son chiffon plein de cambouis après nous avoir serré la main. Nous entrâmes à sa suite dans le hangar, nous avancions l'un derrière l'autre parmi des silhouettes d'avions militaires, certains immenses, un bombardier géant, un avion de chasse, plusieurs hélicoptères, un vieux camion de pompiers, la grande échelle relevée dans l'ombre du hangar, quelques jeeps, une ambulance soviétique. Tout au fond du hangar, parmi d'autres avions plus petits, nous nous arrêtâmes devant un minuscule avion de tourisme, la voilure blanche entoilée, la verrière du cockpit relevée, avec, de chaque côté, sur les ailes, des bandes adhésives jaunes et noires.

Safet nous demanda un petit coup de main pour l'aider à sortir l'avion du hangar. Relativement léger, six à sept cents kilos à vue de nez, l'avion glissait ouateusement sur ses roues, presque sans un grincement, il fallait à peine pousser, plaisir dont je n'abusais pas, d'ailleurs, j'avais fini par marcher à côté de l'appareil une main dans la poche, gardant l'autre main confiante sur son aile pour accompagner sa progression, comme un lad sur l'encolure de son cheval. Lorsque l'avion fut immobilisé sur la piste, pendant que Ursula allait prendre place aux commandes et que je m'installais derrière elle dans le poste de pilotage (à la place de l'instructeur), Safet ouvrit le capot et commença à s'affairer sur le moteur, son chiffon à la main, en appuyant sur le levier de la pompe tout en maintenant un câble levé avec un doigt. John demeurait derrière lui à le regarder faire, les mains derrière le dos, un peu contremaître, un peu inquiet (Safet avait l'air de s'y connaître, grâce au ciel). L'opération terminée, Safet aida John à se hisser sur l'aile de l'avion. John n'en menait pas large, je le voyais progresser vers nous à quatre pattes avec un sourire ennuyé (ainsi sont les poètes, bien entendu, moins à l'aise sur le tangible que dans l'évanescent), et, lorsqu'il voulut à son tour s'introduire dans l'habitacle, faisant entrer d'abord ses longues jambes dans la cabine, puis son corps, dans un mouvement de vrille, se laissant glisser lourdement sur le siège, nous pûmes mesurer, chacun ne bougeant plus, l'étroitesse invraisemblable des lieux. Ursula referma la verrière au-dessus de nous, et, dans l'obscurité profonde du cockpit, dans le plus grand silence, parmi les voyants lumineux du tableau de bord, les cadrans du badin et de l'altimètre, elle mit le contact et l'avion s'ébranla. Nous roulions lentement. L'avion s'immobilisa en bout de piste. Ursula, dont je voyais les traits graves et concentrés dans un des rétroviseurs, fit les derniers essais moteurs, tous ses gestes étaient sûrs et précis, elle appuya sur une manette, déverrouilla un levier, régla le compensateur au moyen d'un volant sous son siège. Puis, s'attachant, fixant sévèrement les quatre sangles de son harnais autour de sa poitrine, elle se retourna brièvement comme pour voir s'il y avait toujours quelqu'un derrière elle (oui, oui, j'étais toujours là), et, ayant reçu l'autorisation de décoller, elle se tourna rapidement vers John et dit qu'elle était prête, qu'on allait décoller. Elle mit les gaz, pleins gaz, tandis que l'avion, comme un instant retenu, prenait maintenant de la vitesse sur la piste et que le paysage défilait de plus en plus vite à côté de nous, l'avion tremblant de toutes parts, le fuselage vibrant et la verrière se soulevant par à-coups au-dessus de nos têtes. Ursula tira très souplement sur le manche et l'avion décolla. Nous avions décollé, l'avion continuait de vibrer et peinait quelque peu à se stabiliser dans les airs en achevant sa montée. Je regardais droit devant moi, les mains agrippées au siège de John, tandis que l'avion continuait de pencher à gauche et à droite sans parvenir à s'équilibrer latéralement, et que, assis à l'arrière, immobile, impuissant, j'appuyais très fort mes pieds sur le plancher pour éprouver le sentiment de la terre ferme. Puis, quand l'avion se fut enfin stabilisé, je me tournai pour regarder derrière moi en contrebas, mais déjà nous n'apercevions plus la tour de contrôle et les pistes de l'aéroport militaire que nous venions de quitter.

La montée était terminée, et nous volions maintenant lentement vers Berlin dans un ron-

ronnement régulier de moteur. Je regardais le ciel immense devant moi, presque blanc, translucide, très légèrement bleuté. Nous survolions une campagne paisible, il faisait beau, quelques lambeaux de cumulus d'été flottaient en suspension dans l'air. En dessous de nous, j'apercevais les carrés réguliers verts et jaunes des labours, et bientôt les premiers faubourgs de Berlin se profilèrent au loin, les immenses concentrations de blocs d'immeubles grisâtres, avec ici et là les quelques nuances verdâtres des HLM de Friedrichshain. Vu d'en haut, à trois ou quatre cents pieds d'altitude, la ville, immense, que le regard ne pouvait embrasser d'un seul coup tant elle s'étendait de toutes parts, semblait être une surface étonnamment plate et régulière, comme écrasée par la hauteur, uniformisée, simple agglomérat de blocs réguliers dans la partie orientale, à peine plus varié et boisé à l'ouest, accumulation de quadrilatères semblables, que traversait parfois une grande artère, où l'on pouvait suivre la progression de minuscules voitures qui semblaient évoluer au ralenti dans les rues. Assis à l'arrière de l'avion qui filait fluidement dans le ciel, je reconnaissais ici ou là quelque monument dont les formes caractéristiques se

215

profilaient en contrebas, la Siegessäule, isolée au cœur de son étoile d'avenues presque désertes, ou le Reichstag, massif et la pierre noire de crasse, devant lequel une dizaine de personnes étaient en train de jouer au football, petites silhouettes absurdes qui couraient derrière un ballon sur le gazon de l'esplanade. Plus loin, passée la porte de Brandebourg, non loin du pont de la Potsdamerstrasse, comme des ailes de cerf-volant fracturées, des gréements de navires échoués en bordure de la Spree, se dessinaient les formes métalliques et dorées des bâtiments de la Philharmonie et de la Staatsbibliothek. Je continuais de laisser courir mon regard en bas sur les toits des immeubles que nous survolions, sur les entrepôts et les usines, sur les immenses terrains vagues à l'abandon, sur les autoroutes et les voies de chemin de fer, sur les ponts, au hasard des terrains de jeux et des courts de tennis des quartiers résidentiels, et, dans cet enchevêtrement d'immeubles et de parcs de loisirs, je tombais parfois sur quelque piscine découverte au bord de laquelle des centaines de baigneurs prenaient le soleil étendus sur les pelouses, un enfant debout en maillot de bain une main en visière au-dessus des yeux qui nous saluait de la main au passage, tandis qu'Ursula, aux commandes de l'avion, son casque sur la tête, les yeux fixes et concentrés, entreprenait à présent d'incliner souplement l'appareil pour amorcer une large courbe et faire demi-tour. Je regardais toutes ces rues et ces avenues en contrebas, ces maisons et ces immeubles, ces quartiers entiers de Berlin qui semblaient tellements circonscrits les uns par rapport aux autres, et, ce qui me frappait le plus, tandis que nous repartions maintenant vers le nord en survolant de nouveau à basse altitude le canal de la Spree, c'était la quantité invraisemblable de travaux que l'on apercevait un peu partout dans la ville. Où que le regard se posât, c'était partout des trous et des chantiers, des avenues éventrées et des immeubles en construction, des grues et des pelleteuses, des barrières métalliques, des palissades, les travaux plus ou moins avancés, simple trou gigantesque dans lequel on finissait d'établir les fondations, réseau de tiges métalliques fixées dans une chape de béton, ou déjà ébauche de construction, premier étage naissant, surgi du sol et arrêté en chemin, simple armature sommaire, lourde, squelettique, pure carcasse de béton sans portes et sans fenêtres,

217

avec quelques bâches en plastique transparent qui voletaient au vent dans les ouvertures. Tous ces chantiers étaient déserts, abandonnés, les immenses grues jaunes et orange au repos en ce dimanche matin dans leurs enclos de palissades, les camions à l'arrêt dans les pentes sablonneuses des chantiers, les baraquements de fortune fermés (seuls quelques passants profitaient du week-end pour jeter un petit coup œil sur l'évolution des travaux à travers les interstices des palissades).

Nous ne volions pas à très haute altitude, et nous nous trouvâmes soudain à l'aplomb presque exact de la tour de télévision de l'Alexanderplatz, à quelque cinquante mètres à peine du sommet de la tour qu'une balise rouge clignotante signalait en silence aux avions. Penché à la verrière de l'appareil, je regardais la haute silhouette élancée de la tour tandis que nous virions lentement de bord autour d'elle, l'enroulant souplement comme s'il s'agissait d'un des repères qu'Ursula s'était fixés avant de rebrousser chemin, et j'observais attentivement la grosse boule métallique argentée et vitrée que surmontait le gigantesque émetteur de télévision qui se dressait vers le ciel. Je ne sais si cette tour de télévision était encore en activité, mais j'eus à peine le temps de me poser davantage la question qu'Ursula fit soudain basculer l'avion sur le côté sans prévenir et se dirigea en piqué vers le fleuve. Amplifiant encore la vaste courbe déclinante de la trajectoire de l'avion, nous passâmes quasiment en rase-mottes au-dessus du Palais de la République, survolant quelques passants attardés sur la place qui avaient relevés la tête vers nous, Marx et Engels impavides dans leurs socles de bronze, et, au terme de ce virage à cent quatre-vingts degrés, tandis que l'avion réaccélérait maintenant à pleins gaz pour reprendre de l'altitude et remonter tout droit vers le sommet de la tour, nous aperçûmes soudain en face de nous ces quelques visages un dixième de seconde ébahis vers lequel nous nous dirigions à deux cent cinquante kilomètres-heure, fonçant tout droit sur eux, jusqu'à ce que, au tout dernier moment, Ursula fît basculer l'avion sur le côté pour longer en planant la verrière du restaurant panoramique, nous laissant apercevoir fugitivement à l'intérieur ces quelques couples attablés qui prenaient le café derrière les baies vitrées.

Coincé à l'arrière de l'avion, les jambes compressées devant moi, les tibias coincés contre la toile du siège, je ne regardais plus dehors, je gardais les yeux fixés sur l'épaule d'Ursula, sur le col en mouton retourné de son blouson d'aviateur, ou sur certaines aiguilles de l'altimètre ou du compte-tours qui allaient et venaient, affolées, dans les cadrans du tableau de bord. John s'était retourné sur son siège pour voir si tout allait bien, ses longs cheveux au vent qui bougeaient en permanence au gré des petites entrées d'air qui pénétraient par bouffées tourbillonnantes dans le poste de pilotage, et, après avoir hurlé quelque chose que je ne compris pas dans le vacarme de l'air et des moteurs, il souleva le pouce à mon adresse dans un geste tout aussi ravi qu'empêtré dans les pans de sa veste et de son écharpe tant il était à l'étroit et sanglé sur son siège. Il continuait à regarder dehors, les yeux brillants et pensifs, avec un mélange de malice ineffable et de paix intérieure, et, comme il se retournait de nouveau vers moi pour chercher dans mon regard la confirmation tacite que nous venions de frôler la catastrophe, il m'apparut alors pour la première fois de façon indiscutable en le voyant là devant moi dans le ciel de Berlin que, tant dans l'expression brillante de ses yeux que dans le sourire des plus énigmatiques qu'il m'adressait qui se prolongea un tout petit peu trop long-temps sur ses lèvres, tant dans l'attitude très posée de son corps que dans son visage dont il en avait maintenant fugitivement les traits, il res-semblait à la Joconde.

La semaine suivante, je décidai de faire une visite au musée de Dahlem. Cela faisait plu-sieurs mois que je ne m'étais plus rendu à Dahlem, et je prenais toujours plaisir à me pro-mener dans les vieilles salles en bois de la gale-rie de peinture, m'arrêtant ici et là devant quel-que tableau pour réfléchir, m'asseoir sur une banquette et me laisser aller à mes rêveries, les yeux plongés dans la contemplation d'une œuvre. A l'origine, je ne m'accordais de telles pauses que dans l'idée de prendre quelques ins-tants de repos au cours de mes visites, mais bientôt j'avais commencé à en goûter l'agrément indépendamment de toute idée de repos, et il n'était pas rare que, à peine entré dans un musée, j'aille aussitôt m'asseoir sur une banquette. Assis devant quelque tableau, je restais là des heures à méditer paisiblement à mon étude, généralement seul, à peine troublé par le manège feutré des gardiens qui tournaient en silence dans mon dos. Parfois, je sortais un carnet de ma poche, et je prenais quelques notes, j'écrivais quelques mots en toute quiétude comme dans la plus tranquille des bibliothèques, ou comme à la piscine (il ne me manquait plus que des lunettes de nage sur le front). Ainsi, je me souviens de ces heures délicieuses passées dans la salle des Etats du Louvre, assis tout seul sur la grande banquette de velours isolée au centre de la salle comme dans une barque échouée à la surface d'un lac de marqueterie précieuse. Assis là sur la banquette, une main sur le velours râpé du siège, je me laissais dériver au fil de mes pensées en contemplant quelque Titien accroché tout en haut des cimaises, tournant presque le dos aux *Noces de Cana* et à leur effervescence vaine, leur cortège incessant d'allées et venues, ce bouillonnement permanent de touristes qui allaient se faire photographier au milieu des convives.

Avant d'être regroupées dans un nouveau musée au Tiergarten, les principales collections de peinture de la ville de Berlin étaient toujours exposées dans un des départements du vaste complexe muséographique de Dahlem, dans un grand bâtiment plat aux vitres fumées dont l'architecture et les matériaux, les grands espaces vides et impersonnels, le hall et les escaliers, lui donnaient davantage des allures de siège d'organisation internationale que de musée de peinture. La galerie des peintures avait été installée dans la partie la plus ancienne du bâtiment, où elle cohabitait avec le Musée d'art asiatique, et quelques autres colocataires tout aussi sombres et ombrageux, le Musée d'art indien, le Musée d'art islamique, le Musée ethnographique (où l'on croisait parfois dans la pénombre la silhouette fragile et esquintée d'une statuette pré-colombienne). Chaque fois que je m'étais rendu à Dahlem, comme je passais par l'entrée principale du musée et non par la porte particulière de la galerie de peinture, j'avais croisé en entrant quelques-unes de ces beautés pré-

colombiennes qui sommeillaient dans les vitrines. Sans m'attarder parmi ces merveilles, je
rejoignais le plus vite possible la galerie de peinture, m'éclipsant aussitôt par une porte dérobée
dont je connaissais l'existence au fond d'une
salle du Musée ethnographique, et, laissant derrière moi les trésors de plusieurs civilisations
millénaires, je m'engageais d'un bon pas dans la
galerie de peinture, commençais à remonter les
siècles à contre-courant vers la Renaissance, traversant sans m'attarder plusieurs salles consa-
crées aux peintures française et anglaise du dix-
huitième siècle, toute une série de Nattier,
Boucher, Largillierre, Hoppner et Raeburn, sur
lesquels je jetais un rapide coup d'œil au passage en me gardant bien de les juger. Car il me
semble que, si l'on peut être péremptoire dans
l'admiration, il faut rester modeste dans le déni-
grement. L'ignorance, en tout, la méconnais-
sance, l'inaptitude à être séduit ou à aimer, ne
sauraient être érigées en vertus (voilà une pen-
sée qui m'honorait, en effet, me disais-je, en passant rapidement devant ces croûtes).

Ce matin-là, donc, après un petit déjeuner de
travail frugal en ma compagnie, j'avais quitté

mon appartement de bonne heure pour me rendre au musée. Arrivé à Dahlem, comme j'avais une fausse faim, je m'achetai un sandwich dans un Imbiss en descendant du bus. Je jetai un coup d'œil sur le sandwich (je n'avais pas fait une affaire). C'était un petit pain entrouvert d'un côté, à la manière d'un in-octavo, avec un empâtement de beurre et une tranche de gouda toute sèche et huileuse, ondulée, rectangulaire, trop large, qui dépassait du sandwich. Je n'eus pas le temps de le manger avant d'arriver au musée, à peine celui de croquer dedans, me contentant, tout en marchant, de grignoter le gouda qui dépassait de la tranche. Je grimpai souplement les quelques marches des escaliers qui menaient à l'entrée du musée, et j'allai prendre mon billet à la caisse. Puis, mon sandwich toujours à la main, ne sachant plus qu'en faire maintenant, mordant une dernière fois dedans et faisant quelques pas à la ronde dans le hall en cherchant vainement une poubelle pour m'en débarrasser, envisageant même un instant de le mettre dans la poche de ma veste, mais me rendant compte qu'il n'entrerait pas, à moins de le glisser à la verticale, ce que je préférais éviter, pour mon standing, sans compter qu'il risquait de salir mes carnets, je préférai renoncer et j'entrai dans le musée avec le sandwich (je n'allais quand même pas laisser mon sandwich au vestiaire).

Je m'avançai lentement dans le grand hall d'entrée, jetai un coup d'œil sur la boutique de livres d'art et de cartes postales, où deux ou trois personnes faisaient défiler lentement des livres avec un doigt en fouinant dans les casiers comme chez les bouquinistes. Puis, passant quelques portes, je m'engageai dans la galerie de peinture, traversai plusieurs salles et descendis une volée de marches pour rejoindre la salle des Dürer, où, dès l'entrée, régnait une odeur de vieux bois et de cire. Silencieuse et déserte, la salle des Dürer était entièrement recouverte de larges panneaux de bois sombre, avec deux grandes fenêtres grillagées qui laissaient pénétrer dans la pièce de longs rayons de soleil qui nappaient l'air ambiant d'une douce lumière d'or diluée et pailletée. Je traversai la salle sans bruit avec mon sandwich pour aller prendre place sur la banquette, et, assis là dans ce doux clair-obscur de bibliothèque ensoleillée, mélange de petits recoins d'ombres et de taches de clarté qui brûlaient sur les murs, je me mis à travailler tranquillement à mon étude comme dans la plus paisible des retraites. La salle adjacente avait été condamnée pour être réaménagée cet été, une petite chaîne en interdisait même l'accès, de sorte que la seule manière de parvenir jusqu'à moi était de passer par la salle voisine, la salle cent trente-sept, dans laquelle personne ne s'aventurait jamais, évidemment (à moins de s'intéresser au Maître de l'ancien retable de la Sainte Parenté). Ainsi, seul dans la salle des Dürer, mes arrières protégés, je pouvais laisser libre cours à mes pensées dans cette sorte de petit cabinet privé isolé tout au fond du musée. Je regardais les tableaux et diverses pensées commencèrent à me venir à l'esprit, qui se faisaient et se défaisaient lentement dans mon cerveau comme l'eau se combine dans la mer pour faire naître les courants, et, de toutes ces pulsations irrégulières qui me parcouraient les neurones, de ce désordre, de ce chaos interne, naissait un sentiment de plénitude et l'apparence d'une cohérence. J'avais posé mon chapeau et mon sandwich à côté de moi sur la banquette, le sandwich sur une serviette en papier, dont je relevais les bords à l'occasion, par décence, pour le recouvrir d'un voile pudique, comme on le fait en peinture pour recouvrir d'un tulle diaphane l'âme des Eve, mais les bords retombaient toujours, mollement, sur les côtés, et laissaient invariablement le sandwich dénudé à côté de moi.

Je me trouvais dans la salle des Dürer depuis une dizaine de minutes déjà quand un homme entra, à pas lents, très grand, élégant, les cheveux blancs, avec une pochette à pois assortie à sa cravate. Lentement, sans m'adresser un regard, il s'avança vers le portrait de Jérôme Holzschuher, qu'il regarda un instant, les mains derrière le dos, puis, passant au tableau suivant avec beaucoup d'aisance, on voyait qu'il avait l'habitude de se déplacer dans des salles de musée, il s'arrêta devant le plus grand des Dürer de la salle, *La Vierge au tarin*, devant lequel il resta assez longtemps, immobile et pensif, les mains jointes et l'œil fixe, la pupille intense, avant de faire quelques pas en arrière pour venir s'asseoir un instant sur la banquette, retournant brièvement la tête au dernier moment pour regarder où s'asseoir, tandis que je retirais prestement mon chapeau de sous ses fesses (en me disant fugitivement : pourvu qu'il ne s'asseye pas sur mon sandwich). L'homme venait de s'asseoir, à côté du sandwich, grâce au ciel, sur lequel il posa un regard en biais comme s'il se fût agi d'un étron posé là entre nous, avant de relever les yeux vers moi avec surprise et de procéder à un bref examen minutieux de ma personne. Un peu mal à l'aise, gardant les yeux fixement posés sur le portrait de Jérôme Holzschuher, je considérais le tableau pensivement, et je sortis un de mes carnets de ma poche, que j'ouvris et commençai à feuilleter distraitement. L'homme, sceptique, après avoir encore une fois regardé le sandwich et avoir relevé une dernière fois les yeux sur moi, quitta la salle en silence, l'écho de ses semelles sur le parquet le suivant longtemps decrescendo dans les salles voisines.

Je refermai mon carnet, songeur, et le remis dans la poche de ma veste. Je possédais ainsi tout un jeu de carnets, calepins et bloc-notes divers, de chez Rhodia et Schleicher & Schuell, la couverture orange et les feuilles détachables, ainsi que quelques petits carnets chinois, carrés, à l'élégante couverture rigide noire et rouge.

J'emportais toujours quelques-uns de ces carnets avec moi quand je sortais, les glissant dans ma poche avant de quitter mon bureau, et, au gré de mes sorties, je les remplissais en permanence de bouts de phrase et de bribes, d'aphorismes et d'idées, d'observations et de formulations diverses (ces dernières n'étant souvent que l'expression la plus juste de ces avant-dernières), dont je ne me servais généralement jamais une fois le travail commencé. Il me semblait en effet qu'une idée, aussi brillante fût-elle, n'était pas vraiment digne d'être retenue si, pour simplement s'en souvenir, il fallait la noter. Du reste, quand, par hasard, allongé sur mon lit ou assis à mon bureau, il m'arrivait de rouvrir ces carnets pour les feuilleter, m'arrêtant parfois avec plaisir sur quelque rare dessin ou croquis au fusain que j'avais griffonné au détour d'une page, je ne trouvais jamais rien de bien intéressant dans toutes ces notes que j'avais prises au jour le jour. Toutes ces idées, recopiées dans l'urgence, qui m'avaient paru si lumineuses quand elles m'étaient venues, semblaient bien fanées à présent, leur encre avait séché, leur parfum s'était éventé, et, les considérant à froid, sans enthousiasme ni dégoût, elles me faisaient un peu l'effet de mes caleçons quand je les mettais dans un sac en plastique pour les porter à la lingerie, n'éprouvant plus pour eux qu'une vague tendresse familière, due davantage au souvenir de ce qui nous avait liés un temps qu'à leurs mérites objectifs.

Je me levai et repris mon sandwich, et, comme je m'approchais une dernière fois du portrait de Jérôme Holzschuher avant de quitter la salle, me penchant un instant vers le bas du tableau pour observer un détail, un gardien m'interpella depuis l'encoignure de la porte, et, de la main, sans un mot, me fit signe de reculer. Je me redressai un peu, et, sans vraiment quitter le tableau des yeux, l'interrogeai du regard. Il se tenait debout dans l'embrasure de la porte, corpulent et le teint rouge dans son costume gris réglementaire. Sans bouger, les doigts joints, lentement, il continuait de me faire signe de reculer, de m'éloigner du tableau. Sans tenir compte de ses injonctions, reculant malgré tout de quelques centimètres, je me remis à examiner le tableau, et, comme je me penchais de nouveau un instant sur la toile, le gardien s'avança soudain vers moi à grands pas en hurlant de m'éloigner du tableau. Oui, oui, lui dis-je en m'éloignant du tableau (essayez de ne pas vociférer, ajoutai-je, n'oubliez pas que vous parlez allemand, tout de même). Tout cela aurait pu s'envenimer encore, si, à ce moment-là, il n'avait reçu un appel de service grésillant et confus dans son talkie-walkie. Se calmant un peu, répondant au collègue qui l'appelait en continuant de me regarder fixement d'un œil noir, il me dit une nouvelle fois, plus calmement (il devait me prendre pour un touriste), que je n'avais pas le droit de m'approcher d'aussi près des tableaux. J'avais compris, oui.

J'étais descendu à la cafétéria, et j'avais pris place à une table le long de la baie vitrée, qui donnait sur un jardinet tranquille où un employé en combinaison verte ramassait des vieux papiers dans un bassin vide avec un râteau et une pelle. Le soleil entrait largement dans la pièce, et une dizaine de personnes étaient attablées là en cette fin de matinée. J'avais commandé un capuccino, et je feuilletais un catalogue au soleil, quand, non loin de moi, j'entendis de petits aboiements, ou plutôt des couinements, des gémissements de plaisir animal. Intrigué par ces bruits, je me tournai vers la salle pour voir d'où cela pouvait provenir. A quelques tables de là, innocent comme un pape, se tenait un vieil esthète en cardigan, une chemise lilas et un foulard jasmin noué autour du cou, qui lisait le journal devant une tasse de thé, en jetant de temps à autre un coup d'œil paternaliste sur ses deux caniches nains, jumeaux et permanentés, les flancs rasés comme des brebis et la queue frétillante hérissée en pompon. Il les avait attachés ensemble au pied de sa table et les deux caniches n'arrêtaient pas de se poursuivre en emberlificotant leur laisse pour essayer de se grimper dessus, l'un n'ayant de cesse d'essayer d'enculer l'autre, et l'autre s'enfuyant en permanence sous la table. Ces deux petits excités s'appelaient Cassis et Myosotis, je l'appris de la bouche même de leur maître, qui, après avoir bu placidement une gorgée de thé, s'était penché sous la table pour essayer de calmer les ardeurs de ses petits protégés (et non pas Prime Time et Dream Team, ni même, plus mimétiquement, comme je m'étais également plu à l'imaginer en observant leur petit manège sous la table : Sodome et No more).

Au sortir de la cafétéria, comme je suivais un long couloir vitré pour rejoindre le musée, je poussai une porte tout au bout du couloir, très lourde et que commandait un système de fermeture automatique avec un bras articulé, et, un peu hésitant, je m'engageai dans un couloir assez sombre, avant de monter quelques marches, à côté desquelles avait été aménagée une petite piste en béton inclinée pour faciliter le passage des chariots qui empruntaient les entrées de service du musée. Me retournant de temps à autre, je continuais de longer ce couloir sur quelques mètres, et je finis par déboucher dans une chaufferie. La pièce était dans la pénombre, les murs et le plafond entièrement recouverts de tuyaux de différentes tailles, certains épais, ronds, coudés, tels des conduits de chauffe-eau, d'autres fins, en cuivre, qui couraient tout au long de la salle, percés ici et là de robinets de contrôle, compteurs et vérificateurs de pression. Divers extincteurs étaient fixés sur les murs, avec du matériel de lutte contre l'incendie, sommaire, hétéroclite, larges lances d'incendie en toile écrue enroulées sur des dévidoirs, bombones et masques à oxygène, et même une civière à la verticale contre le mur.

Je fis demi-tour dans le couloir et revins sur mes pas, poursuivi par cette rumeur de chaufferie qui bourdonnait dans mon dos, et, tâchant de rejoindre la porte par laquelle j'étais entré, je m'engageai dans un couloir étroit et bétonné que n'éclairaient que des néons blafards, où, tous les dix mètres environ, se trouvaient des cabines blindées inquiétantes, à haute tension vraisemblablement, sur les portes desquelles étaient fixés des pictogrammes expressionnistes explicites, éclairs noirs stylisés et hommes foudroyés, tordus sur place, immobilisés dans leur chute asymétrique. J'avais dû m'égarer, sans doute (ou alors, elles étaient mal indiquées, les toilettes). Je n'avais toujours croisé personne depuis que j'avais quitté la cafétéria, et, comme je remontais à présent quelques marches dans la pénombre pour essayer de rejoindre le musée, j'aperçus une cabine de gardiens vitrée à l'angle de deux couloirs, déserte, avec une veste sur le dossier d'une chaise et un journal abandonné sur la table. Des rangées de moniteurs vidéo étaient fixés au mur en hauteur, qui diffusaient en continu les images des différentes salles du musée à l'étage supérieur. Toutes ces images en plongée, très denses, en noir et blanc, mal réglées, un peu baveuses, évoquaient des plans fixes de parking souterrain, on ne distinguait presque rien sur les écrans des moniteurs vidéo. Je m'étais arrêté un instant derrière les vitres de cette cabine déserte, et je regardais tous ces écrans grisâtres devant moi, où l'on apercevait parfois un visiteur aller et venir lentement à l'étage supérieur dans une salle de peinture du musée, qui se déplaçait en silence sur l'écran neigeux en laissant une très légère traînée de lui-même dans son sillage, avant de se rejoindre et de réintégrer progressivement son enveloppe corporelle quand il s'arrêtait devant un tableau. Il était impossible de reconnaître le moindre tableau sur toutes ces rangées de moniteurs fixés au mur de cette cabine, car, non seulement toutes les œuvres exposées étaient minuscules à l'image, mais, de surcroît, largement sous-exposées en raison de la violente lumière du soleil qui entrait dans les salles. Mais, continuant de scruter fixement les écrans, je finis par reconnaître un des tableaux qui avait été à l'origine de mon étude, le portrait de l'empereur Charles Quint, par Christophe Amberger.

Charles Quint, bien sûr, était méconnaissable sur l'écran du moniteur vidéo, et je ne parvenais pas très bien à discerner ce qui relevait de l'observation directe que j'étais en train de faire de ce qui appartenait à une connaissance antérieure que j'avais du tableau, beaucoup plus fiable et précise. Je fermai les yeux, et, debout dans ce couloir désert au sous-sol du musée de Dahlem, Charles Quint apparut alors lentement derrière mes yeux fermés. Il était là devant moi dans son cadre de bois, le corps légèrement penché en avant, les mains presque jointes au bas du tableau, qui regardait devant lui avec une calme assurance, le menton recouvert d'une barbe légère, très fine, presque impalpable, comme un duvet de mousse. Son visage était lisse, juvénile, c'était un adolescent encore, cet homme qui régnait sur un empire, la peau de ses joues et de son front était pâle, presque blanche, légèrement écaillée, la peinture lézardée par endroits, le vernis fendillé, on pouvait même voir d'infimes craquelures à la surface de son visage. Je rouvris les yeux, et, lorsque je posai de nouveau le regard sur l'écran du moniteur, c'est mon propre visage que je vis apparaître en reflet sur l'écran, qui se mit à surgir lentement des limbes électroniques des profondeurs du moniteur.

Au retour du musée, je décidai d'aller nager pour parfaire cette journée de travail. Arrivé devant la piscine, je poussai la porte d'entrée, qui ne bougea pas d'un pouce, resta bloquée sur elle-même, la vitre fut même traversée d'un long tremblement ondulatoire ascendant sous l'impulsion vaine que je lui avais donnée. Je me penchai pour jeter un coup d'œil à l'intérieur, la main au-dessus des yeux, et j'aperçus le hall d'entrée abandonné et désert dans l'obscurité, avec la caisse fermée et les formes massives des appareils de billetterie automatique qui se devinaient dans la pénombre, quelques panneaux d'information en liège où étaient punaisées des petites annonces et des notes de service. La piscine, que j'entrevoyais au loin, avait été entièrement vidée de son eau, et deux employés en bleu de travail marchaient au fond du bassin vide, pieds nus et les jambes du pantalon relevées, qui descendaient lentement le plan incliné, sur lequel était représentée en carreaux de faïence azur et blanc la mosaïque géante d'un Poséidon impassible, qui gisait sur le sol entouré de tritons, un trident à la main. Je voyais ces deux types évoluer pieds nus sur le visage du dieu avec leurs brosses et leur tuyaux d'arrosage, qui lui arrosaient la barbe et lui passaient la serpillière dans les yeux, tandis qu'une eau sale et mousseuse s'écoulait lentement au fond du bassin, qui allait disparaître dans les bouches de vidange grillagées aux quatre coins de la piscine. Sans me laisser décourager par ce petit contretemps, je me rendis aussitôt dans une autre piscine de ma connaissance, qui pour être moins intime n'en était pas moins agréable, quoique beaucoup plus grande, plus fréquentée et plus bruyante, comme peut l'être, par exemple, la bibliothèque Sainte-Geneviève en comparaison de la délicieuse et feutrée petite bibliothèque Forney de la rue du Figuier. Même les vestiaires n'étaient pas comparables, dans un cas simple pièce ombrée, souvent déserte et silencieuse, avec deux rangées de casiers bien alignés où l'on peut se changer et se mettre en maillot de bain en toute tranquillité, dans l'autre vaste hall lumineux avec des allées de casiers métalliques de vestaires à n'en plus finir, plein de passages et de chahut, de baigneurs et de flaques d'eau. Lorsque je me fus changé, évitant le tumulte des douches, je gagnai la piscine ma serviette sur l'épaule, et, me rinçant les pieds à un robinet de service au bord de la piscine, je posai ma serviette sur une chaise longue, avec mes carnets de travail et un feutre, et j'entrai dans l'eau, prudemment, ajustai bien mes lunettes sur mon front (allez, au travail).

Je nageais lentement dans l'eau claire, mes lunettes sur le front, incurvant souplement ma trajectoire de temps à autre pour éviter d'entrer en contact avec quelque jeune nageur par trop imprévisible. Je n'étais pas très à l'aise dans cette piscine presque inconnue où, n'ayant pas mes repères habituels, je ne pouvais me laisser aller à l'étude avec le même abandon que dans ma piscine habituelle. Ici, non seulement je devais faire attention d'éviter en permanence de nombreux autres baigneurs insouciants et brouillons, mais je n'avais pas non plus cette connaissance instinctive des lieux qui, dans ma piscine habituelle, par exemple, me permettait d'un simple regard de tomber infailliblement sur le grand chronomètre mural qui m'indiquait aussitôt mes temps de passage intermédiaires, ou sur l'une des quelconques pendules blanches et noires voisines qui, sans me déconcentrer, sans interférer le moins du monde avec les pensées que j'étais en train d'élaborer, me faisait savoir aussitôt depuis combien de temps j'étais dans l'eau, et, partant, depuis combien de temps je travaillais. Mais, si les conditions de travail n'étaient pas aussi optimales que dans ma piscine habituelle, je n'en passais pas moins un moment agréable dans l'eau. Studieux et concentré, mes lunettes sur le front, je nageais tranquillement en laissant courir mon regard autour de moi dans la piscine. De l'autre côté du bassin, non loin de l'entrée du vestiaire des femmes, se trouvait une rangée de cabines de sauna en bois naturel, dans lesquelles on pouvait se faire irradier moyennant quelques pièces de monnaie, des sortes de petites cabines de douche individuelles hermétiquement fermées desquelles émergeait un puissant rayonnement fluorescent violacé, totalement inquiétant et muet. Je continuais de faire mes longueurs de bassin à mon rythme, et, jetant de temps en temps un regard en direction de ces cabines lugubres, dont je voyais les portes s'ouvrir et se fermer à intervalles réguliers au gré d'un cérémonial qui m'échappait un peu, j'eus soudain l'impression d'assister à une sorte de représentation grandeur nature de *La Fontaine de Jouvence*, ce grand et surprenant tableau de Cranach qui se trouve à Dahlem, où l'on voit un cortège de vieilles femmes décrépites entrer dans les eaux d'un bassin et en ressortir fraîches jeunes filles de l'autre côté, à ceci près qu'en l'occurrence c'était plutôt des jeunes femmes qui entraient dans les cabines de douche, les cheveux longs et en maillot de bain une pièce, les cuisses fermes et le ventre plat, installant avec soin leur serviette de bain sur le petit banc de bois avant de refermer la porte de leur cabine derrière elles pour se dénuder (parfois, tout en continuant à nager, je voyais même glisser furtivement un maillot de bain sur une cheville qui se soulevait avec grâce sous l'ajour inférieur du battant d'une porte), et que c'était des vieilles femmes qui en ressortaient quelques instants plus tard, quand je relevais les yeux après une nouvelle longueur de bassin, toutes bronzées, les jambes maigres et mal assurées vacillant sur le sol, la peau du cou desséchée, le décolleté creusé et osseux où pointaient quelques taches de vieillesse et autres fleurs de cimetière, leur serviette à la main et parfois un bonnet de bain sur la tête, sous lequel devaient persister quelques rares cheveux épars, blancs, légers, virevoltants, qui avaient dû se montrer irréductiblement rebelles aux tortures métalliques des dents de leur peigne, la calvitie et ses affres étant sans doute l'inconvénient majeur de ces petites séances d'irradiation répétées qui leur donnaient, par ailleurs, leur si beau teint télé. J'avais atteint une nouvelle fois le bord du bassin, et, repartant de l'autre côté en me repropulsant souplement du bout du pied, j'eus à peine le temps d'achever ma longueur de brasse que je fus mollement heurté par un type qui nageait sur le dos, une petite planche en mousse rouge calée derrière la nuque, qui, confus de m'avoir heurté, souleva aussitôt piteusement la tête de sa planche pour s'excuser (mì, c'était Mechelius !).

Nous étions sortis de l'eau, Mechelius et moi-même, et avions pris place au bord de la piscine, non loin de l'escalier métallique aux belles rampes argentées arrondies par lequel nous étions remontés, et nous demeurions assis là, les pieds trempant dans l'eau comme aux bains d'autrefois, côte à côte, deux sénateurs romains, moi en maillot de bain de chez Speedo, avec le petit logo blanc sur l'aine, en forme de boomerang stylisé, mes lunettes de nage sur le front, et lui avec un large short boxer bleu tout fripé et mouillé collé sur ses cuisses, sa clé de vestiaire autour du poignet. Son nez coulait un peu, et ses lèvres étaient bleuâtres, comme tuméfiées, tremblantes de froid. La tête basse, abattu, après m'avoir expliqué que son médecin lui avait conseillé de faire des exercices aquatiques quotidiens pour se soulager le dos, il était en train de me confier à voix basse qu'il était inquiet pour sa santé depuis qu'il avait pris connaissance de certains résultats d'examens médicaux qui n'avaient rien de rassurant. Il m'avoua même, sous le sceau du secret, qu'il envisageait de se retirer de sa fondation, estimant que le moment était peut-être venu de passer la main, d'abandonner peu à peu ses responsabilités et de commencer à songer à sa succession. Je hochais la tête pensivement, n'ayant pas beaucoup d'éléments à faire valoir sur la question (si je devais m'occuper de la succession de Mechelius en plus, maintenant), mais cette soudaine intrusion de la vie privée de Mechelius dans mon travail (car j'étais en train de travailler, moi, je ne sais pas s'il se rendait compte qu'il m'interrompait dans mon travail), ses problèmes de santé, ses idées de retraite et sa mélancolie, tout cela m'était assez pénible à supporter, et, sans le prévenir, je sautai d'un coup dans l'eau en me bouchant le nez et me laissai descendre jusqu'au fond du bassin, sans plus faire le moindre mouvement.

Quand je revins m'asseoir, regrimpant sur le bord du bassin à la force de mes bras, en posant un genou d'abord, puis en lançant l'autre jambe, péniblement, tandis que Mechelius me regardait faire, un peu surpris, j'étais arrivé à mes fins (je l'avais complètement refroidi), et, reprenant place à côté de lui, je soulevai distraitement mon maillot de bain sur le côté avec un doigt et le fis claquer sèchement contre ma peau (pour frimer un petit coup). Nous avions recommencé à discuter de choses et d'autres au bord du bassin, et, comme Mechelius, retrouvant un peu d'entrain, me demandait si j'avais vu l'émission sur les Fugger il y a quelques jours à la télévi-

sion, la grande famille des banquiers d'Augsbourg, et que je lui disais que non, il m'expliqua
que l'émission lui avait paru assez intéressante,
avec un travail d'enquête sérieux, beaucoup
d'archives consultées et un montage soigné.
Non, non, je ne l'ai pas vue, répétais-je en me
remettant à battre souplement des pieds dans
l'eau. Je sortis un pied de l'eau, que j'examinai
un instant avec scepticisme, la jambe tendue, et
je lui appris que j'avais arrêté de regarder la télévision. Vous la regardez beaucoup, vous, la télévision ? lui demandai-je en me tournant vers lui.
Immédiatement, se raidissant et se croisant les
bras sur la poitrine dans un réflexe de défense
et de mise à distance (je vis fugitivement dans
son regard qu'il me trouvait vraiment bien
déloyal de lui poser ainsi une telle question alors
qu'il venait tout juste de se compromettre en
me parlant d'une émission), il s'empressa de
protester que non. Non, non, très peu, dit-il,
pour ainsi dire jamais, un opéra, à la rigueur,
de temps en temps, ou quelques vieux films.
Mais je les enregistre, ajouta-t-il, je les enregistre
(comme si le fait de les enregistrer devait adou-
cir le reproche qu'on pouvait lui faire de les
regarder).

Il y avait d'ailleurs une sorte de pudeur générale, réservée et coupable, avais-je déjà souvent remarqué, à devoir évoquer les relations que chacun d'entre nous entretenait avec la télévision, chacun ne le faisant qu'à contrecœur, comme s'il s'agissait d'évoquer quelque maladie grave qui, loin de le toucher indirectement, l'eût concerné au plus près. Chacun, en effet, s'il pouvait difficilement nier qu'il en fût personnellement atteint, tâchait au moins d'en relativiser les conséquences, en insistant de préférence sur les quelques moments de répit que leur laissait encore la maladie, les quelques périodes de rémission, encore nombreuses, où ils n'en souffraient pas trop, où ses effets semblaient pouvoir être oubliés et où ils vivaient une vie normale, ces quelques soirs par semaine où ils sortaient encore en ville pour aller au théâtre ou au concert, ces longs après-midi dominicaux passés simplement à lire à la maison. Ainsi, en mettant en avant ces quelques heures de leur existence encore provisoirement épargnées par le mal, se rassuraient-ils à bon compte, le mal devant leur sembler moins grave, son aggravation moins inéluctable, alors que les signes inquiétants ne faisaient que s'accroître, il n'y avait qu'à ouvrir les dernières pages des journaux pour voir s'étendre partout ces milliers de petites informations minuscules et codées, qui grouillaient à longueur de colonnes comme des cellules infectées dont les métastases gagnaient toujours davantage de terrain sur les corps sains de plus en plus affaiblis des journaux (dont certains, vaincus, submergés, avaient même fini par atteindre le stade terminal), et que dans la rue elle-même, dans les cafés et les transports en commun, à la radio et dans les bureaux, dans toutes les conversations, ce n'était encore que de la télévision qu'il était question, comme si le support même de la conversation, sa matière unique et viscérale, était devenu la télévision, et que tout le monde, malgré tout, continuait de se voiler la face en niant la gravité du mal (même les initiales de Titien, m'étais-je soudain rendu compte, c'était T.V.).

Au début du mois de septembre, Delon revint à Berlin avec les enfants (la petite ne payait pas encore l'avion, elle n'était pas encore née). L'après-midi de son retour, je m'étais présenté à l'aéroport de Tempelhof avec une demi-heure d'avance, et j'avais traîné dans l'aéroport en attendant l'avion. Il n'y avait personne dans le grand hall des arrivées, à la fois gigantesque salle d'attente et salle d'enregistrement des rares vols en partance. Toutes les boutiques étaient fermées dans ce hall, les volets métalliques étaient tirés le long des devantures des magasins, les comptoirs d'enregistrement étaient vides, les tapis à bagages arrêtés. Je m'attardai un instant derrière les vitres d'un marchand de journaux fermé, où, sur un présentoir, la presse étrangère sommeillait dans la pénombre. Je revins lentement sur mes pas, les mains dans les poches, marchai jusqu'au bar, où je bus une tasse de café au comptoir, puis j'allai m'asseoir sur un des innombrables sièges en plastique de la salle d'attente de l'immense hall désert. Lorsque, finalement, l'avion de Delon fut annoncé, je quittai mon siège et me rapprochai de la porte des arrivées. Les livraisons de bagages se faisaient dans une petite salle à l'abri des regards, et les premiers passagers commençaient à passer devant moi avec leurs valises. Je me soulevai sur la pointe des pieds, et finis par apercevoir Delon dans la foule qui poussait devant elle un chariot sur lequel étaient entassés plusieurs valises et divers sacs de voyage en équilibre précaire, ainsi qu'un grand sac en plastique transparent vert et rouge des boutiques hors taxe de Rome Fiumicino. Elle était toute bronzée et déjà rieuse, ma Delon, et elle s'avançait précautionneusement vers moi une main sur son chariot pour retenir les sacs, vêtue d'un pantalon noir et d'un tee-shirt blanc, enceinte, lumineuse, souriante, avec ses lunettes de soleil qui lui donnaient des allures de vedette de cinéma. Mon fils, qui marchait à côté d'elle, se précipita vers moi dès qu'il m'aperçut pour venir m'embrasser. Il y a un cadeau pour toi ! me dit-il. Un cadeau, dis-je, c'est vrai ? Oui, tu peux regarder dans le sac, me dit Delon en me désignant du menton le grand sac transparent de la boutique hors taxe de Fiumicino. J'ouvris le sac, et sortis une grande boîte rectangulaire en carton d'emballage, avec, à l'encre bleu mauve, barré en biais comme sous le sceau d'un tampon, écrit en majuscules les lettres TEATRO, qu'accompagnait le dessin d'un appareil noir extraplat : un magnétoscope Goldstar (je retournai la boîte, sceptique, et lus, en bas, en lettres minuscules : Made in Germany).

Devant l'aéroport, poussant le chariot à bagages, je cherchais un taxi des yeux. Delon marchait à côté de moi, lente, majestueuse, le maintien droit, les épaules légèrement rabattues en arrière. Sans se départir de cet air d'altesse impériale qu'ont en général les femmes enceintes quand elles marchent à côté de moi, elle promenait un regard assuré sur le parvis de l'aéroport, les deux mains posées sous le ventre, avec, sur le visage, dans la sérénité de son expression et l'assurance tranquille de son regard, la légitime fierté de porter avec elle le destin d'un empire (en l'occurrence, la petite). Une file de taxis stationnait un peu plus loin, une dizaine de ces grosses voitures allemandes crème anglaise des taxis berlinois qui attendaient là en file indienne, et nous prîmes place dans la première voiture venue. J'avais installé mon fils sur mes genoux, qui avait été malade dans l'avion et se préparait à l'être dans la voiture, le visage tout blanc, quelques gouttes de sueur perlant déjà à la naissance de ses cheveux. Delon, à côté de moi, souriante derrière ses lunettes noires, regardait par la vitre. Je lui pris la main, et, l'observant un instant à la dérobée, je remarquai quelques infimes traces de poudre ocre et légère sur sa joue, ce qui m'émut au point de me rapprocher encore d'elle sur la banquette pour aller sentir fugitivement sur sa peau et le long de ses cheveux ce parfum de cosmétique, de fraîcheur et de musc qui émanait de son visage.

De retour à la maison, nous commençâmes à défaire les bagages dans la chambre à coucher. Nous avions déposé les sacs en vrac sur le parquet, et nous avions ouvert la plus grosse des valises sur le lit, de laquelle dépassaient quelques pulls et une paire de chaussures. Lentement, en bavardant, nous allions de la valise à l'armoire où nous pendions les vêtements un par un sur des cintres, tandis que mon fils nous regardait faire, allongé sur le lit, qui battait nonchalamment des pieds en insistant pour que je fasse une partie de hockey sur glace en chaussettes avec lui dans le salon (pitié, papa, répétait-il, pitié). Bon, allez, d'accord, finis-je par céder quand j'eus fini de vider la valise et je l'accompagnai dans le couloir pour gagner le salon. Va te mettre dans les buts, lui dis-je en enlevant mes chaussures. Oh, comme je manquais de souplesse dans les jambes, comme je manquais de souplesse dans les jambes. Et je n'avais pas encore quarante ans. Quelles terribles perspectives se profilaient devant moi. Non, toi dans les buts, me dit-il. Je lui dis que je voulais bien jouer, mais pas dans les buts. J'avais quand même quarante ans. Pas loin de quarante ans : c'est quand même un âge où il est beaucoup plus marrant de patiner librement en chaussettes dans le salon que de se faire canarder dans les buts. Mon fils boudait. Il s'était croisé ostensiblement les bras sur la poitrine, il ne voulait plus jouer. J'attendais en chaussettes, la crosse à la main. Bon, allez, je vais dans les buts, dis-je (c'était surtout pour lui que je jouais). Moi, j'aimais bien, je ne dis pas, mais je n'aurais jamais joué s'il n'avait pas été là. On peut allumer la télé ? me demanda-t-il. Non, elle est cassée, dis-je. Il me regarda avec méfiance. Sans se démonter, à la manière de saint Thomas, en jésuite, il voulut vérifier lui-même et s'avança vers le récepteur, et il l'eût certainement allumé, si, en catastrophe, patinant prestement en chaussettes jusqu'à lui, je n'avais arrêté sa main au dernier moment. Qu'est-ce que j'ai dit, dis-je. Je le regardai sévèrement. Il était temps que je le reprenne en main. Allez, va dans les buts, dis-je. Il n'osa pas protester. Je posai la rondelle sur le sol, la fis glisser sur le parquet avec ma crosse, commençai à patiner à gauche, à droite, évitai mon fils qui se jetait dans mes jambes, me redressai sur une jambe, vacillai, pivotai, tirai, marquai. But ! T'as vu ça, dis-je. C'est une passoire, ton fils, dis-je à Delon en patinant dans le salon pour aller me replacer au centre du terrain. Mais laisse-le gagner, il a cinq ans ! dit-elle en s'asseyant en face de nous dans le canapé. Il a déjà cinq ans ! dis-je (c'était incroyable, ça changeait tout le temps : il n'y a pas quinze pages, il avait quatre ans et demi). Au rythme auquel t'écris, remarque, il sera majeur quand on te lira, dit Delon.

Après la partie, un peu essoufflé, le front légèrement humide de transpiration, j'allai m'asseoir à côté de Delon dans le canapé. Je remis mes chaussures, les laçai avec soin. Mon fils, au bout d'un moment, vint nous rejoindre dans le canapé, s'avança vers moi sur le coussin. Il y a un cadeau pour toi, me dit-il à l'oreille. Oui, je sais, c'est le magnétoscope, dis-je. On l'allume ? dit-il. Non, il est cassé, dis-je. Lui aussi ! s'écria-t-il, incrédule, et, à genoux dans le canapé, il se prit la tête dans les mains en signe de désespoir, comme s'il venait de rater un penalty. Eh oui, dis-je, en ouvrant les mains, désolé. Il dut croire que nous jouions de malchance avec les appareils électroniques, et il repartit dans sa chambre, la tête basse, en donnant un petit coup de pied râleur dans le cube de Légo. Delon se leva et alla mettre de la musique dans la pièce voisine. Elle revint dans le salon en commençant à danser sur la pointe des pieds, se baladant pieds nus dans la pièce en faisant de lentes arabesques arabisantes avec les bras. Insensiblement, la musique de Khaled s'y prêtait, elle monta sur le canapé, et, debout à côté de moi, continuant à se déhancher en me regardant dans les yeux, l'axe des épaules fixe, les mains à plat ondulant sur le côté, seules ses hanches continuaient de bouger langoureusement au rythme de la musique, elle me souriait en faisant une danse du ventre d'autant plus voluptueuse qu'elle était enceinte de six mois.

Le soir, je pris un bain après le dîner. J'étais allongé dans la baignoire, immobile, et j'écoutais le mouvement lent du seizième et dernier quatuor de Beethoven. Je ne bougeais pas, à peine moins que les musiciens qui interprétaient la musique à mon chevet, l'archet régulier presque immobile sur les cordes, comme ma main et mon bras que je replaçais parfois imperceptiblement dans l'eau le long de ma cuisse. Sur le rebord de la baignoire, dans une soucoupe blanche, j'avais fixé une bougie qui tenait à la verticale grâce à sa propre cire séchée à sa base, et, tout autour de moi, dans l'obscurité de la salle de bain, la petite flamme oblongue de la bougie vacillait, étirée et orange, haute de deux ou trois centimètres, avec un minuscule point incandescent au sommet de la mèche. La lumière était presque immobile autour de moi, et je regardais la flamme s'étirer et se creuser dans la pièce comme la musique elle-même, qui s'incurvait à l'occasion, s'infléchissait et montait dans les airs, en suspension dans le vide. Au bout d'un moment, Delon vint me rejoindre dans la salle de bain et s'assit à côté de moi sur un tabouret. Je sortis la main de l'eau, et, la

256

posant doucement sur ses cuisses, je lui demandai si elle voulait faire l'amour.

De retour dans la chambre, nous nous étions
aimés (je n'en dirai pas plus, il est des moments
où il faut savoir privilégier les faveurs de l'action
aux agréments de la description). Delon était
nue, étendue dans le lit à côté de moi, le ventre
immobile dans la pénombre, dont je devinais la
peau lisse et tendue autour du nombril, et, la
tête penchée sur le côté, elle me regardait dans
les yeux avec un regard incroyablement droit et
confiant. Je lui pris la main et la serrai tendrement.

Le lendemain matin, après le petit déjeuner,
j'allai conduire Babelon à l'école. Nous avions
trouvé un jardin d'enfants pour notre fils dès
notre arrivée à Berlin, et c'était moi en général
qui allais le conduire à l'école. Nous nous ins-
tallions rituellement au premier étage de l'autobus et nous regardions les rues de Berlin défiler

devant nous, assis côte à côte au premier rang de l'impériale, mon fils sérieux et concentré avec son sac à dos et sa casquette bleue à oreillettes fourrée en simili-cuir sur la tête, qui se levait parfois de son siège pour faire mine de conduire l'autobus en tournant un volant imaginaire entre ses mains, qu'il manœuvrait comme un grand gouvernail de navire depuis le premier étage de l'autobus. Mon fils s'était tout de suite adapté à sa nouvelle vie à Berlin, c'était un régal de voir comment il s'était immédiatement lié à ses nouvelles maîtresses et avait établi des tas de petits contacts complexes avec les autres enfants de l'école, mondains et claniques comme le sont les enfants à cet âge, quatre ans, quatre ans et demi, je ne sais plus très bien quel âge pouvait avoir mon fils à l'époque (il avait six ans maintenant). Ce matin-là, en sortant de chez nous, nous avions été prendre l'autobus sur la Arnheim-platz, et, après avoir laissé passer quelques bus à « qu'un étage » comme disait mon fils avec condescendance, signifiant par là que, pour les autobus berlinois, deux étages était la norme, et un une exception, quelque anomalie étrange et vaguement déplaisante, nous étions montés dans un 104 parfait et avions gagné aussitôt

258

l'impériale (où tout, évidemment, invitait à penser à Charles Quint).

Le quartier de Charlottenbourg, où se trouvait le jardin d'enfants de mon fils, avait été le point de ralliement de la forte communauté russe qui s'était établie à Berlin au début des années vingt, au point que, avant guerre, le quartier avait été surnommé Charlottengrad. Il ne restait rien aujourd'hui de ce vaste réseau de cafés et de petits restaurants qui s'était développé à l'époque autour de la Stuttgarter Platz, bistros et galeries d'art, minuscules librairies en sous-sol où l'on devait jouer aux échecs dans des odeurs de livres et des vapeurs de samovars. En revanche, tout le quartier, le long de la Kantstrasse, regorgeait à présent de magasins de discounts d'appareils électriques démarqués, essentiellement fréquentés par des frontaliers polonais qui venaient s'approvisionner à Berlin par autocars entiers. Bien souvent, le matin, en traversant la rue pour conduire mon fils à l'école, il m'arrivait ainsi de croiser quelques types aux commandes de caddies de supermarché désossés qu'ils avaient recyclés en wagonnets de convoyage privés, remplis à ras bord de caisses de transistors et de radio-réveil, d'horloges et de calculettes, d'enceintes de chaînes hi-fi et de magnétoscopes, qu'ils poussaient devant eux en traversant la rue pour aller rejoindre leurs autocars qui les attendaient sous le pont ferroviaire. Là, dans l'obscurité bruyante de la vaste voûte de pierres du pont de chemin de fer, ils commençaient à défaire les emballages en carton de leurs achats afin de pouvoir caser le maximum de marchandise dans les soutes à bagages, tandis qu'un chauffeur méfiant surveillait les opérations à distance en tirant sur un mégot à côté des engins, de vieux cars indescriptibles, vétustes, poussiéreux, avec un grand radiateur ajouré au bas du capot et des petits rideaux à fleurs crasseux qui pendouillaient aux fenêtres.

Ce matin-là, après avoir déposé mon fils à l'école, j'avais traîné quelque peu dans le quartier en longeant le pont de chemin de fer. Je n'avais rien de particulier à faire, et je remontais lentement la Kantstrasse en direction de la Savignyplatz en jetant un coup d'œil sur les vitrines des magasins d'électronique démarquée. La plupart des produits qui se trouvaient là étaient entassés en vrac dans les vitrines sans avoir été retirés de leurs emballages d'origine, avec ici et là, sur les portes, collés à même le verre, quelques papillons étoilés qui proposaient des offres mirobolantes : huit téléviseurs Panasonic pour deux mille neuf cent quatre-vingt-dix-neuf marks. Dans une de ces boutiques vieillottes et poussiéreuses qui avait des faux airs d'authentique galerie d'art d'avant-garde, treize téléviseurs standards étaient exposés en vitrine de la façon la plus classique, comme s'il s'agissait de quelque œuvre de jeunesse de Paik ou de Vostell. Je m'étais arrêté devant la vitrine et je regardais tous ces téléviseurs allumés qu'aucune déflexion n'animait, qu'aucun son ne pulsait, qu'aucun aimant ne déformait, ni n'élargissait, ne vrillait, ne balayait, n'étrécissait, rien, ni synthétiseur, ni spirale, ni ellipse, ni forme, ni âme, ni mouvement, ni idée, seulement l'image treize fois démultipliée d'un animateur dans un studio à neuf heures et quart du matin (sur un des téléviseurs, une trame traversait même inéluctablement le visage de ce pauvre type). Pensif, je continuai mon chemin, et, quelques mètres plus loin, je m'arrêtai de nouveau devant la vitrine d'un magasin d'électronique, très moderne, cette fois, avec un grand néon bleu d'enseigne qui clignotait dans la rue. Dans la vitrine se trouvaient un vaste choix de magnétoscopes et de caméras vidéo, et je regardai longuement les différents modèles de téléviseurs, noirs et gris, aux élégants reflets sombres de berlines métallisées. Un peu hésitant, continuant de m'attarder là un instant devant la vitrine avec des allures de rôdeur, je finis par entrer dans le magasin. Un vendeur, contournant placidement son comptoir, s'avança vers moi d'un pas dansant en tirant sur ses manchettes avec un demi-sourire expectatif sur les lèvres, les deux mains mobiles déjà potentiellement serviables. Est-ce que je peux vous aider ? me demanda-t-il aimablement.

Dans le taxi qui me reconduisait à la maison, la grosse boîte d'emballage du téléviseur sur mes genoux, je regardais avec mélancolie les rues de Berlin défiler à côté de moi par la vitre (je m'étais laissé tenté par un petit poste portable).

De retour à la maison, comme Delon était sortie, je me rendis dans la chambre et me hâtai de sortir l'appareil de sa boîte et de l'installer sur une chaise pour faire la surprise à Delon quand elle rentrerait. Je mis l'appareil sous tension, qui se mit à grésiller en offrant un écran neigeux qui devait évoquer les premières ou les dernières secondes de l'univers, et je commençai à faire défiler des programmes sur l'écran pour fixer les chaînes que l'on pouvait capter dans les différents canaux. La télécommande à la main, je me promenais ainsi dans le grand vide sidéral et vaguement inquiétant de l'absence de programmes, et, chaque fois qu'une nouvelle chaîne se présentait sur l'écran, je la fixais dans le canal sélectionné en me référant à la brochure explicative en dix-huit langues qui accompagnait l'appareil. Chose faite, je fis défiler rapidement toutes les chaînes que j'avais mises en mémoire pour jeter un petit coup d'œil d'ensemble sur le beau bouquet varié et multicolore que j'avais composé à Delon. Il me semblait, en effet, que ce n'était pas parce que j'avais arrêté moi-même de regarder la télévision que je devais également en priver Delon (mais comme, d'un autre côté, je tenais absolument à ce que l'on ne se serve plus du téléviseur du salon, j'avais fini par me résoudre à ce compromis). Je peaufinai les ultimes réglages, nuançai le contraste, densifiai la couleur. Voilà, tout marchait bien, tout était en ordre. J'éteignis l'appareil et me rendis dans mon bureau pour me remettre au travail.

Moralité : depuis que j'avais arrêté de regarder la télévision, on avait deux télés à la maison.

Ce soir-là, pendant que Delon regardait la télévision dans la chambre, j'avais installé mon fils dans le salon devant un dessin animé. J'avais en effet consenti, après m'être fait un peu prier, puisque de toute façon le poste du salon ne servait plus à rien (on avait même débranché le câble de l'antenne), que l'appareil pût servir à l'occasion de moniteur vidéo pour permettre à mon fils de regarder ses cassettes avec le magnétoscope que Delon lui avait rapporté d'Italie. Je m'étais, pour ma part, retiré dans mon bureau pour travailler, et des deux côtés de la pièce me parvenaient des bruits d'ampli de téléviseur ou de moniteur vidéo qui traversaient les parois et venaient interférer en permanence avec les pensées que j'essayais d'élaborer. Depuis quelques minutes, diverses informations parasites affleuraient ainsi à la surface de mon cerveau et venaient se combiner à mes pensées, de sorte que, tandis que mon esprit était en train d'essayer de se concentrer, rien ne lui échappait non plus des titres des informations de vingt heures de la première chaîne de télévision allemande, ni des exclamations belliqueuses du Robin des Bois du dessin animé doublé en français que regardait mon fils dans la pièce voisine. Un peu agacé, je finis par me lever, et me rendis dans le salon pour faire mettre le son du magnétoscope moins fort. Mon fils, allongé dans le canapé, vêtu d'un petit pyjama en coton rouge et blanc, me regarda entrer dans la pièce sans bouger (fataliste, comme on regarde passer l'orage), les genoux à hauteur du visage, qui regardait son dessin animé la bouche ouverte en se chipotant rêveusement la biroute et les croquettes dans le pantalon de pyjama. Mon entrée ne sembla nullement perturber ses visées, il releva un instant les yeux sur moi pour voir qui entrait, puis les reposa sur l'écran, continuant à en faire à son aise dans son pantalon de pyjama. Ça te gratte, le zizi, ou quoi ? lui demandai-je. Non, pourquoi, me dit-il. J'allai baisser le son du moniteur et ressortis de la pièce (il me faisait penser à moi, parfois).

De retour dans mon bureau, je me rassis à ma table de travail et j'eus à peine le temps de me remettre à réfléchir que j'entendis un hurlement dans la chambre à coucher. Viens ! Viens voir ! me criait Delon. Je quittai aussitôt le bureau et accourus dans la chambre. Que se passait-il ? Elle accouchait ? Elle perdait les eaux ? Non, non. Delon m'accueillit tranquillement, un stylo à la main et un dictionnaire ouvert devant elle, toute lascive et princière dans son lit que recouvrait un désordre de papiers et de lettres, de cahiers et de classeurs ouverts, de tasse de thé et de petits papiers d'emballage de cookies à collerettes dentelées qui trônaient autour d'elle sur les draps comme autant de nénuphars égarés dans un lac de couvertures plissées. Regarde, dépêche-toi, me dit-elle, en me montrant le téléviseur du doigt. Je me penchai au-dessus de l'appareil, et me trouvai nez à nez avec mon voisin du dessus, Uwe Drescher (Guy), qui était en train de participer à un débat télévisé. Viens, me dit Delon, viens t'asseoir, me dit-elle, ravie, en me faisant de la place à côté d'elle sur le lit, et elle m'expliqua qu'elle était tombée sur Uwe par hasard en changeant de chaîne. Je fis quelques pas à reculons pour aller m'asseoir sur le lit. Uwe était là sur l'écran, avec sa bonne mine et ses petites lunettes studieuses, qui représentait son parti à un débat télévisé sur la ville. Nous regardâmes le débat quelques instants ensemble, Delon et moi, et, écoutant Uwe s'exprimer avec beaucoup d'aplomb, nous échangions des sourires amusés et complices sur le lit en nous accordant à penser qu'il représentait très bien, si ce n'est son parti, tout du moins notre immeuble.

J'étais retourné travailler dans mon bureau, continuant d'entendre la musique de *Robin des Bois* en sourdine à ma droite, et, à ma gauche, légèrement étouffés à travers les parois du mur, quelques échos assourdis du débat sur la ville auquel Uwe participait, quand il me sembla entendre encore une autre rumeur dans le bureau, plus sourde, qui ne provenait ni du salon ni de la chambre à coucher. Qu'est-ce que c'était que cela, encore ? Je prêtai l'oreille attentivement, et, quittant ma table de travail, me levant de ma chaise, je fis quelques pas dans la pièce en regardant le plafond, inspectant du regard les rainures et les frises qui l'ornaient, et, pris d'un doute, voulant en avoir le cœur net, j'enlevai mes chaussures et montai un instant sur mon fauteuil de metteur en scène. Debout là en chaussettes dans la pièce, les yeux fermés, l'oreille tendue vers le plafond, je me concentrai pour mobiliser toutes les facultés de mon ouïe, et, c'est bien ce que je pensais, ce qui se faisait entendre à l'étage au-dessus, c'était bien un son de téléviseur, non pas branché dans la pièce juste au-dessus, mais plutôt dans la chambre à coucher des Drescher, où Inge, j'imagine, devait être en train de regarder elle aussi son mari à la télévision.

C'en était trop. Après avoir couché mon fils (j'avais regardé la fin de *Robin des Bois* avec lui dans le salon, en feuilletant distraitement un livre assis sur le bras du canapé), je regagnai ma chambre et allai me coucher. Je m'étais calé un oreiller derrière le dos, et je m'étais mis à lire tranquillement dans mon lit. De temps en temps, interrompant ma lecture, je jetais un coup d'œil distrait sur l'écran du téléviseur où se poursuivait le débat auquel Uwe participait. Puis, comme Uwe était en train de parler, justement, je cessai de lire, et, posant mon livre devant moi sur mes cuisses, je suivis le débat un instant, écoutant vaguement ce qui se disait. Delon, elle, qui avait cessé de regarder la télévision depuis longtemps, avait posé sa tête contre mon épaule, et, ayant pris ma main droite, elle l'avait posée sur la peau nue de son ventre en soulevant les couvertures. Tu sens la petite bouger, me demanda-t-elle à voix basse, quand je reste un moment allongée comme ça, elle se met presque toujours à bouger. J'avais la main posée sur le ventre de Delon, et, soudain, en effet, je sentis se propager sous mes doigts comme l'onde d'un minuscule courant électrique qui dilata très légèrement la peau du ventre de Delon sous la pression d'un pied ou d'une épaule invisible qui avait dû se déplacer dans son ventre.

Delon avait fini par s'endormir. Je la regardais dormir à côté de moi dans le lit, la joue contre l'oreiller, l'épaule nue, les yeux fermés. Retirant doucement ma main de son ventre, j'éteignis la lampe de chevet à côté d'elle sur la table de nuit. La chambre à coucher était dans le noir maintenant, à l'exception de la clarté laiteuse qui émanait toujours du téléviseur resté allumé sur la chaise. Je me penchai vers Delon pour m'emparer de la télécommande qu'elle avait abandonnée devant elle sur les couvertures et, passant encore une fois rapidement toutes les chaînes en revue, je regardais toutes ces images qui défilaient devant moi sur l'écran, tous ces films, tous ces débats, toutes ces publicités, et, dirigeant la télécommmande vers l'appareil, je finis par éteindre la télévision. Je me recouchai en arrière dans le lit et je demeurai un long moment sans bouger dans le noir en savourant simplement cet instant d'éternité : le silence et l'obscurité retrouvés.